W0335480

Christian Klin

TOTE VÖGEL SINGEN NICHT

Christian Klinger

TOTE VÖGEL SINGEN NICHT

Kriminalroman

ueberreuter

Danke, dass Sie sich für unser Buch entschieden haben.
Wir freuen uns, wenn wir Sie auch weiterhin über unsere Neuerscheinungen informieren dürfen, und laden Sie ein, unseren Newsletter unter **www.ueberreuter.at** zu abonnieren.

Das Werk ist reine Fiktion und entspringt der Fantasie des Autors. Jede Ähnlichkeit mit realen Begebenheiten oder lebenden und verstorbenen Personen ist zufällig und nicht beabsichtigt.

1. Auflage 2021
© Carl Ueberreuter Verlag, Wien 2021
ISBN 978-3-8000-9005-1
Alle Rechte vorbehalten. Das Werk darf – auch teilweise – nur mit Genehmigung des Verlages wiedergegeben werden.
Lektorat: Gerhard Loibelsberger
Covergestaltung: Saskia Beck, s-stern.com
Coverfoto: © Adobe Stock
Satz: Hannes Strobl, Satz·Grafik·Design, Neunkirchen
Druck und Bindung: Finidr s. r. o., Cesky Tesin

www.ueberreuter.at
#ueberreuter_wien
@ueberreuter_wien

1.

„Fickst du immer noch so gut?"

Sie stand ganz nah vor mir. Ich bildete mir ein, den Hauch ihrer Frage wie eine Liebkosung auf meiner Haut zu spüren. Meine Härchen am ganzen Körper richteten sich auf und ich blickte Schneewittchen in die dunklen Augen. Die Haut aus weißem Alabaster, die Haare pechschwarz, die Lippen rot.

Ich zögerte … und hatte verloren. So eine Frage musst du sofort beantworten, innerhalb von Bruchteilen einer Sekunde. Das Ja muss schnell und selbstsicher kommen wie eine abgefeuerte Pistolenkugel. Doch meine Lippen blieben verschlossen. Weder wollte ich mich besonderer Fähigkeiten im Bett rühmen, noch konnte ich mich daran erinnern, dass es einer meiner bisherigen Partnerinnen getan hätte. Mich rettete beim Sex meist meine „Cosinus-Welle". Mit einer gutturalen Stimmtechnik, die ich von einem Mongolen, den ich zu verteidigen hatte, erlernte, bringe ich mithilfe der Stimmbänder meine gesamte Mundhöhle zum Schwingen und versetze damit meine Zunge in Vibration, sodass sie heftig zu flattern beginnt wie eine Fahne im Orkan. An der richtigen Stelle zum Einsatz gebracht, hat diese Technik noch immer zu einem befriedigenden Erfolg geführt. Warum ich Idiot immer nachdenken musste?

Ja!

Meine Körpermitte schrie es. Mein Mund aber schwieg. Ich versuchte ihrem Blick standzuhalten, der fordernd und zugleich überlegen war, doch brachte ich nicht mehr als ein verzweifeltes, blödes Grinsen zustande. Gut, dass man sich in solchen Momenten nicht selbst sieht. Es war noch keine Sekunde vergangen, eine Sekunde, die sich im Universum ausdehnte wie ein neues Sonnensystem, da sagte sie: „Entschuldigung, ich muss dich wohl verwechselt haben."

Sie verzog den Mundwinkel. Enttäuscht und angewidert zugleich. Als hätte sie statt in eine Handcreme aus Paris in einen steirischen Kuhfladen gegriffen. Ihr Blick ein Griff in meine Eier. Es kribbelte da unten, es erregte mich, aber es bereitete mir auch Unbehagen. Natürlich hat sie mich verwechselt, sagte ich mir, wie hätte ich sie vergessen können?

Das war unsere erste Begegnung gewesen.

Jetzt lag sie neben mir. Schneewittchen war noch bleicher als gestern. Ihre Haare umspielten ihre Schultern wie tanzendes Seegras, das eine Nixe umhüllt, und das Rot ihrer Lippen war überall verteilt: auf ihrem Busen, dem Bauch, den Schenkeln. Es klebte am Leintuch und auf dem Bett, nur leuchtete es nicht mehr so wie gestern. Rostbraun hatte es sich in den Stoff gesaugt und auf ihrer Haut eine Kruste gebildet. Ein tiefer Schnitt hatte die Kehle durchtrennt und zwischen den Beinen hatte jemand sein krankes Werk verrichtet: Die Schamlippen waren mit großen Büroklammern zusammengeheftet.

Ich sah mich um und fragte mich, was ich in diesem Hotelzimmer machte. In einem Raum mit einer Wandtäfelung aus honigfarbenem Holz, gemasert und mit einzelnen Wurzelzeichnungen, und einem blaugrauen Teppich. Aber das war unwichtig. Was zählte, war das tote Mädchen darin. Und ich daneben. Ich selbst lag neben dem Bett, halb am Boden, der Oberkörper auf der Matratze. Ein paar Blutspritzer hatten mein Gesicht getroffen.

Ich rappelte mich auf und ging ins Bad, wo ich mein Gesicht mit kaltem Wasser wusch und hoffte, damit meiner Erinnerung auf die Sprünge zu helfen. Langsam kehrten erste Bilder zurück. Und ich zu Schneewittchen auf ihrem Lager. Sie hatte das Gesicht einer Puppe. Ihre dunklen Augen starrten auf einen fernen Punkt an der Decke. Ich brachte es nicht fertig, sie zu berühren, um ihre Lider zu schließen. Doch ihre Nähe half meinem Gedächtnis. Bruchstückhaft fügten sich Bilder, Eindrücke und Geräusche zu dem zusammen, was man Erinnerung nennt. Das Gestern winkte mir durch einen verzerrten Spiegel zu. Ich versuchte, den Vortag zu rekonstruieren:

Es war Montag und ich kam spät in mein Büro. Am Eingang passte mich Dragana ab.

„Jetzt haben wir schon den zehnten und ich hab mein Gehalt vom letzten Monat noch immer nicht am Konto."

Sie baute sich vor mir auf, wobei sie ihren üppigen Busen als Barriere einsetzte.

Wie die Woche zuvor, versuchte ich ihr zu erklären, dass ihr Gehalt schon überwiesen sei und es halt ein paar Tage dauern würde, bis gebucht wäre.

„Das sagst du jetzt schon seit einer Woche und schön langsam glaub ich es dir nicht mehr. Also klemm dich hinter den Computer und mach endlich die Überweisung, sonst lass ich dich hier nicht mehr raus!"

Ich fasste sie an der Schulter und schob sie sanft weg. „Zuerst musst du mich einmal vorbeilassen, sonst kann ich nicht an den Computer in meinem Zimmer, um das E-Banking zu checken. Vielleicht braucht das ein Update", sagte ich, wohl wissend, dass das hier kein technisches Problem war.

Mein Büro war so eng, dass der Durchgang zu meinem Zimmer zwischen Draganas Schreibtisch und der Wand eigentlich nur Platz für einen ausgemergelten Fakir ließ. Regelmäßig streifte ich mit meinem Bauch über ihre Tischplatte. Umgekehrt hatte das den Vorteil, dass auch aufgebrachte Klienten nicht unangemeldet in mein Büro platzen konnten. Sie mussten vorbei am Zerberus, den Dragana perfekt zu verkörpern wusste.

Dragana wich einen Schritt zurück und ich roch ihre Haut und ihr süßes Parfum. Eine Spur zu lieblich für eine Frau nach dem Wechsel, dachte ich. Mein Oberarm streifte ihren Busen. Er war füllig und weich. Es war Jahre her, dass wir regelmäßig miteinander geschlafen hatten. Damals waren ihre Brüste voll und fest wie ein aufgepumpter WM-Fußball. Sie war jetzt, trotz der vielen Falten um Mund und Augen, immer noch rassig. Sie hatte den Charme des Balkans. Schön und heruntergekommen, mit der Hoffnung auf bessere Zeiten und der standhaften Ignoranz des Umstands, dass ihre besten Jahre vorbei waren. Die in die Haare gesteckte Brille, die sie zum Arbeiten am Computer benötigte, verlieh ihr einen reifen Sex-Appeal.

Als ich mich durch den Durchschlupf gezwängt hatte, ärgerte ich mich über sie. In solchen Momenten wollte ich sie am liebsten rauswerfen. Doch den Ärger überwog die Erkenntnis, dass ich kaum jemanden finden würde, der für so wenig Kohle mit so viel Engagement für mich arbeiten würde.

Außerdem brachte sie einige Mandanten aus ihrem serbischen Umfeld. Alles Gauner, Schieber und Bankrotteure. Wahrscheinlich hätten diese Gestalten meiner Dienste gar nicht bedurft, weil man ihnen von offizieller Seite ohnehin selten beikam. Oder auch gar nicht beikommen wollte. Mein Beitrag, die Durchsetzung der ordentlichen Strafrechtspflege abzuwehren, war im Vergleich zur Unfähigkeit und Laschheit der Behörden gering. Denn wenn man es richtig anlegte, war fast alles möglich.

Brauchen Sie ein Auto? Jaguar, Audi, BMW? Kein Problem, kann ich Ihnen alles billig besorgen. Die Sache läuft easy. Ich suche einen, der das Fahrzeug least, am besten über seine marode Firma. Sie kaufen es von der Firma und melden es im Ausland auf sich an. Ein Wohnsitz im Ausland ist aus steuerlichen Gründen und auch aus Gründen der Strafverfolgung immer von Vorteil. Sie erwerben gutgläubig das Eigentum und die Leasinggesellschaft verliert es. Sollte diese die Karosse wiederfinden, dann ist ihr Recht daran schon lange untergegangen. Wir machen den Kaufvertrag. Ganz wasserfest. Sie zahlen natürlich nur einen Bruchteil der aufscheinenden Summe. So haben wir alle was davon. Zwischenzeitig ist der Firmenchef, der dieses Kunststück ein paar Mal durchgezogen hat, längst in irgendeinem montenegrinischen Tal verschwunden. Offiziell habe ich natürlich nichts damit zu tun. Wer will schon mit solchen Betrügereien in Zusammenhang gebracht werden?

Drogen kann ich Ihnen über meine afghanischen Klienten besorgen oder unangenehme Nachbarn von meinen tschetschenischen Freunden in Sachen „Nachbarschaftshilfe“ beraten lassen. Warum ich mich mit all diesem Abschaum abgebe? Ganz einfach: Ich bin Anwalt.

Ich ließ mich in meinen Bürosessel fallen, schaltete den Computer auf meinem Schreibtisch an und überlegte, wo ich das Geld für Draganas Gehalt oder wenigstens einen Vorschuss abzweigen konnte. Ein Kollege hatte mir vorgestern eine Überweisung von knapp fünftausend Eiern avisiert. Wider Erwarten hatte ich einen Rechtsstreit gewonnen und der gegnerische Anwalt hatte mitgeteilt, dass er keine Berufung einlegen werde. Der eingeklagte Betrag sollte also schon auf meinem Konto eingelangt sein. Ich würde ihn zur Zahlung an Dragana verwenden und meinem Mandanten erklären, dass die Berufungsfrist noch offen wäre und man diese abwarten müsse. Das verschaffte mir bis zu zwei Wochen Zeit.

Nachdem ich zweitausend Euro auf Draganas Konto und den Rest auf meines überwiesen hatte, rief ich nach ihr. Sofort tauchte ihr Oberkörper hinter meinem Bildschirm auf. „Du musst endlich die restlichen Honorarnoten schreiben und verschicken“, sagte ich. Es war an der Zeit, die Früchte meiner Arbeit einzubringen.

„Sind alle längst erledigt.“ Sie verzog dabei keine Miene. Mit diesem starren Gesichtsausdruck sah sie aus wie die Galionsfigur an einem Schiffsrumpf.

„Und wieso seh’ ich dann keinen Zahlungseingang am Kanzleikonto?“

Sie zuckte mit den Schultern und sagte beiläufig: „Weil deine Klienten nie zahlen.“

Das war das Problem mit meiner Kundschaft. Die zahlten gar nichts, nicht einmal ihren Anwalt. Und leider, so musste ich mir eingestehen, war auch das Geschäftsmodell mit den Autos noch kein durchschlagender Erfolg. Die meisten Firmenchefs setzten sich damit selbst ins Ausland ab, um sie dort zu verkaufen. Nicht einmal diese Provision gönnten sie mir. So gesehen war ich über die Einladung für diesen Abend sehr froh, denn bei so einem Event lernt man immer neue Leute kennen. Und neue Leute sind neue Klienten, sage ich immer.

2.

Nachdem ich zwei Stunden der Vernehmung eines rumänischen Taschendiebs im Halbgesperre des Straflandesgerichts beigewohnt hatte, war ich nach Hause gegangen, um mich frisch zu machen. Gegen 20.00 Uhr brach ich zum Volksgarten auf. Ich hatte zwar keine Ahnung, welches hohe Tier hier zu einem Fest geladen hatte, aber wichtig war, dass sich viele andere hohe Tiere dort ein Stelldichein gaben. Ich griff in die Innentasche meines Jacketts und prüfte nach, ob ich genug Visitenkarten eingesteckt hatte. „Legal advice“ und „Offshore investments“ prangte in großen Lettern darauf. Klotzen statt kleckern war hier angebracht. Diese Schlüsselworte lockten im Normalfall betuchte Klienten an wie Zuckerwasser die Wespen. Ich hoffte, dass ein paar Krösusse an diesen Begriffen picken blieben. Reichtum ist eine Sucht. Wie bei Drogen ist man trotz gesteigerter Dosis nie zufrieden und glücklich. Das kann man ausnutzen. Das Problem bei der Geldwäsche ist nur, dass die Kunden meist noch gerissener und skrupelloser sind als man selbst.

Dennoch war ich guter Dinge. An diesem Abend wurden die Karten neu gemischt. Irgendwann würde ich auf den richtigen Idioten treffen, den ich ausnehmen konnte wie eine Weihnachtsgans. Ich ging die letzten Schritte vom Bundeskanzleramt Richtung Ringstraße, die Konturen der mächtigen Gebäude lagen in einem blauen Schleier, der die Nacht ankündigte. Es musste sich etwas nachhaltig ändern in meinem Leben und ich spürte, dass dies an diesem Abend geschehen würde.

Eine kleine Traube von Menschen hatte sich um den Eingang gebildet. Ein Schrank von einem Türsteher prüfte die Einladungen. Er diskutierte mit ein paar Jugendlichen. Die Youngsters konnten keine vorweisen, wollten aber dennoch tanzen. Als ich von hinten kam und mit meiner Einladung in der Luft wedelte, teilte der Pitbull am Einlass für mich die Menge. Ich dachte an die Geschichte aus der Bibel: das Rote Meer und Moses und der Typ mit dem Stiernacken war Gott. Der Gott des Einlasses. Ich merkte, wie die Kids ihre Augen auf mich richteten und wie ihr Neid am 160er-Faden aus feinster Alpakawolle klebte. Ich liebte diesen Anzug, auch wenn es kaum eine Textilie gab, die mehr Tierleid schuf. Der Türsteher, dessen Oberkörper verstörende Ähnlichkeit mit HULK aufwies, öffnete mir mit einer devoten Geste die Tür. Sofort ließen hämmernde Bässe die Luft zittern. Ich drehte mich zu den Jugendlichen hin und klopfte mit der Linken in die Armbeuge meines ausgestreckten Arms. *Vafanculo!*

Diese Kinder mussten noch lernen, viel lernen. Du brauchst dich nicht an die Spielregeln zu halten, aber du musst sie kennen. Meine Einladung war ja auch nicht an mich gegangen. Ich gehe seit Kurzem in ein Fitness-Studio. Es liegt am Schillerplatz und ist exklusiv. Bei einem der wenigen Anwaltstreffen, die ich besuche – leidige gesellschaftliche Ereignisse mit lauter Schnöseln –, traf ich einen Kollegen, der mir von seinem Leid berichtete: Seine Frau zwinge ihn, mehr für seinen Körper zu tun. Gesund zu essen, nicht zu rauchen und nicht zu trinken und Sport zu treiben. Daher bleibe er so lange wie möglich im Büro. Nicht um zu arbeiten, sondern um zu essen, Alkohol zu trinken und zu rauchen. Als seine Frau Lunte gerochen habe, sei er gezwungen gewesen, sich in ihrem Beisein in einem Fitness-Club einzuschreiben. In besagtem am Schillerplatz. Er zahle seinen Mitgliedsbeitrag regelmäßig und sei sich sicher, seine Frau spioniere sein Konto aus und würde das nachprüfen.

„Jetzt schmeiß ich mich in die Panier von Adidas und komm spät heim und die Alte glaubt, ich war trainieren", hatte er mir nach drei Seideln Bier erzählt. „Ich habe nach meiner Anmeldung nie wieder einen Fuß in dieses Studio gesetzt."

Er hatte gelacht und sein Doppelkinn hatte dazu gewabbelt. Erklär mal deiner Alten warum du immer fetter wirst, hab ich mir gedacht. Aber am nächsten Tag war ich Herr Doktor Alois

Ebert und das Mädchen am Empfang war richtig glücklich, dass ich nach so langer Zeit wieder trainieren kam. Sie glaubte auch sofort, dass ich meine Magnetkarte in der Zwischenzeit verlegt hatte. Jetzt könnte ich dort alles machen, mich aufführen wie der letzte Hunne und alles würde Doktor Ebert auf den Kopf fallen. Würde ich eine Affäre mit einer der Trainerinnen beginnen, womöglich würde der Kollege bald vor einer sehr teuren Scheidung stehen und sich wundern, wie sich das Schicksal an ihm rächte für das bisschen Lottern aus Rauchen, Saufen und Völlern.

Und nicht anders kam ich zu der heutigen Einladung. Ich hörte in der Sauna jemanden über den Event sprechen und wie er zu seinem Gesprächspartner sagte: „Ich deponiere eine Karte am Empfang für Sie." Ich spitzte die Ohren. Ein exklusives Fitness-Center, exklusive Mitglieder, ein exklusiver Event, das schien klar. Ich machte also schnell und wartete, nachdem ich wieder in ziviler Kleidung steckte, vor dem Empfang, bis der Typ diese Einladung hinterlassen hatte. Ich fragte das Mädchen am Empfang nach den Allergenen eines Shakes, der hinter ihr im Regal stand, und sobald sie sich umgedreht hatte, um mir den Warnhinweis von der Packung herunterzubeten, hatte ich die Eintrittskarte schon in meiner Sporttasche verschwinden lassen.

Und jetzt war ich da.

Ein Meer aus Beats und Stimmen wogte durch den Saal. Kellner zwängten sich mit Tabletts durch die Reihen der Gäste. Sie nutzten jede sich auftuende Lücke wie diejenigen, die noch in einen abfahrenden U-Bahnzug springen. Geschickt balancierten sie langstielige Gläser und dicke Bierflaschen darauf. Die Tabletts wanderten über unsere Köpfe wie die fliegenden Teller beim chinesischen Wanderzirkus. Ich griff mir eine Flasche Bier. Langsam schlenderte ich an der Bar vorbei, wo einzelne Barkeeper den Gästen auch ausgefallene Wünsche zusammenmixten, und überlegte, ob ich später auf einen Longdrink oder

Cocktail umsteigen sollte. Aber der Abend hatte eben erst begonnen und es galt, sein Potenzial abzuwarten.

Das Licht war gedämpft und lediglich bunte Lichtblitze holten einzelne Gesichtszüge der Gäste aus dem Dunkel. Ich erkannte einen Sportler, der jetzt um einiges weniger sicher auf seinen Beinen stand als sonst auf seinen Skiern. Ich sah einige Starletts, die sich gern abwechselnd an erfolgreiche Typen hängten, und irgendwo ganz hinten war auch der umtriebige Baumeister zu erkennen. Der Mann wähnte sich im zwanzigsten Frühling und war sich nicht bewusst, dass aus einem vertrockneten Ast keine grünen Triebe mehr ausschlagen. Und da waren auch nicht wenige Politiker, wie ich jetzt erkennen konnte. An den Bänken vor den großen Glasscheiben in Richtung Ringstraße, die durch schwere Vorhänge abgedunkelt waren, entdeckte ich den Herausgeber einer Illustrierten, der gerade eine weiße Linie am Tisch zog und den Spiegel zu einem Stadtrat hindrehte.

Die Musik wurde lauter, und trotz des vom DJ zugeschalteten Filters, ließen die Bässe den Boden zittern. Ich wurde angerempelt, ein Bezirksrat der Grünen drängte sich in einer Cannabiswolke an mir vorbei Richtung Tanzfläche. Ein Security fing den Mann ab und deutete zu einem Nebenraum, wo offenbar kein Rauchverbot herrschte. Ich stellte meine Bierflasche ab und wollte kurz in den Garten, um Luft zu schnappen, als ich zwei Stadtpolitiker der roten Stadtregierung sah, die nach silbernen Aufklebern griffen und dafür Geld zu einem Dritten am Tisch hinschoben. Ich erkannte eine exklusive Uhr am Handgelenk dessen, der das Geld nahm. Eine Jaeger-LeCoultre Reverso Tourbillon. Und eine zweite, zarte Hand, unverkennbar die einer Frau, zweigte für sich einige Scheine vom Geldbündel ab.

Dann war da noch der TV-Moderator, der sich eben von seiner langjährigen Partnerin getrennt hatte und dafür umso ungehemmter in einer der Eckbänke einen geblasen bekam. Bei den Lichtverhältnissen konnte ich nur sein entspanntes Gesicht sehen. Er hatte die Augen geschlossen und die Falten um seinen

Mund zuckten im Takt der Kopfbewegungen seiner Partnerin. Von der war nur wenig zu erkennen. Sie kniete auf der Bank neben ihm und hatte ihren Hintern in die Luft gereckt. Ihr Kopf war nur von hinten zu sehen. Er bewegte sich jetzt schneller auf und ab, das Fernsehgesicht setzte ein seliges Grinsen auf. Frisur und Rock der Gespielin kamen mir bekannt vor. Ich hätte keine hohe Summe gesetzt, aber beides hatte ich im TV gesehen. Besagter Moderator hatte am Vorabend eine Politdiskussion geleitet und die einzige Frau in dieser Runde war die Kandidatin der Konservativen gewesen. Offenbar war man sich nicht nur politisch nähergekommen. Sie verrichtete den Liebesdienst mindestens genauso uninspiriert wie es ihre Politik war, aber er schien es zu genießen, wie auch ein Großteil der Bevölkerung die von ihr vertretenen Standpunkte schätzte. Ich schlenderte weiter und traf nur auf breite Gesichter. Ausdruck des Glücks, weil sie voll von Drogen oder Alkohol waren oder weil sie bestochen worden waren.

Man fühlte sich unter sich, man fühlte sich wohl, man fühlte sich sicher. Das typische „Meet and Greet" von Politik, Medien und Wirtschaft. Man plauderte, man puderte sich die Nase oder man puderte, was man vor die Lenden bekam.

Die Musik hatte den Beat gewechselt und die Bässe kamen nun sanfter. Ich musste auf die Toilette, wo ich neben einer dunkelhäutigen Schönheit mit großen Titten und großem Schwanz urinierte. Während ich ausschüttelte und die Transe mein Gemächt mit laszivem Blick verschlang, fragte ich mich, ob ich an diesem Abend auf einen Bekannten treffen würde. Denn wo der Glanz von Geld oder Macht war, da tauchten meine Aasgeier auf. Ich wehrte den Annäherungsversuch meines Pinkelpartners mit freundlichem Lächeln und ebensolchen Worten ab: „Hau ab, du Tunte!", sagte ich und schob ihn zur Seite.

Später lehnte ich an der Bar im Garten, wo ein weiterer Disc Jockey alten 70er-Soul und Funk auflegte: WAR, Mothers Finest, James Brown und so. Mein Blick scannte die anderen Gäste, die am Tresen lehnten. Fast nur Männer. Die wenigsten trugen Anzug. Hier dominierte der College-Look, weil sich die Mittfünfziger heute alle der Realität verweigern und meinen, mit einem bunten Polo mit großem Logo und großer Brieftasche, die man für das Logo braucht, die Jugend zu kaufen. Ich war auf der Suche nach einem Opfer. Ich suchte jemanden, dem die Gier aus den Augen leuchtete und den ich leicht für eines meiner Finanzierungsmodelle gewinnen konnte. Ich bestellte einen Gin Tonic und legte meine Angelrute aus, indem ich meinen Blick auf einen Typen mit Krokodil an der Brust und Fett auf den Rippen heftete. Mein Opfer hatte den Blick einer Kuh, die nach der Besamung auf die Sommerweide gelassen wurde. Ich nahm mein Glas und steuerte auf mein Ziel zu.

Plötzlich legte sich eine Hand auf meine Schulter und jemand zog mich zurück.

3.

Rote Lippen und ein schneeweißes Gesicht, das sich gegen das Halbdunkel absetzte wie das blank geputzte Nummernschild auf einem Maserati aus Carbonfaser. Zwei weiße Zahnreihen bleckten mich an, als sie sagte: „Wohl doch keine Verwechslung. Genau dich habe ich gesucht."

Und da war es wieder: das siegessichere Grinsen, das mich im Schritt packte und mir die Hoden quetschte. Aber es massierte auch mein Ego. Mit zarten, flinken Händen, wie die Asiatinnen in diesen Studios. Mir war so heiß, als wäre mein Anzug mit Lava gefüttert. Das Glas in meinen Händen glühte. Ein Wunder, dass der Gin noch nicht verdampft war und das Tonic nicht zu kochen begonnen hatte. Ich nahm einen großen Schluck und es war, als hätte mich Thors Hammer getroffen. Mit einem Mal war ich cool. Jetzt streichelte der Alkohol meine Gehirnzellen. Er verbündete sich mit dem Adrenalin in meinem Körper. Ich trat auf den anderen Fuß und meine Stimme war die von Samuel L. Jackson, als ich zu ihr sagte: „Und jetzt hast du mich gefunden. Drink?"

Wir fanden einen Tisch in einer ruhigeren Ecke des Gartens. Büsche umgaben uns und unsere Vertrautheit wuchs im Dunkel des angrenzenden Parks. Die Musik war dort leiser, die Kellner dafür umso aufmerksamer. Ich hatte den dritten Drink vor mir stehen und auch Schneewittchen lag mit dem zweiten Cosmopolitan nicht weit zurück, was den Alkoholspiegel betraf. Meine Suche nach möglichen Opfern hatte sich hin zu einem visuellen Rundgang zu den Rundungen unter ihrer Bluse von Dior verlagert. Wir redeten belangloses Zeug, jeder fragte den anderen, was er machte, und jeder log den anderen an. Sie erzählte etwas von einer Kunstgalerie und ich flunkerte davon, wie ich Rudolf Leopold beim Aufbau seiner Sammlung geholfen hatte.

„Wer ist Rudolf Leopold?", fragte sie und es schien im Gegensatz zu ihren Schilderungen über Nizza, Paris und Basel diesmal ehrlich. Sie hatte keine Ahnung. Ich rechnete nach und kam zu dem Schluss, dass Leopold gut zehn Jahre tot war. Da war sie noch ein Teenager gewesen und ziemlich sicher an anderem interessiert. Ich betrachtete sie näher, was in dem schwachen Licht nicht einfach war. Sie hatte große Augen, eine kleine Nase und sonst die Gesichtszüge einer Puppe, war daher altersmäßig schwer einzuschätzen, aber wahrscheinlich noch keine dreißig. Kein Wunder, dass wir nicht über Gemeinsamkeiten reden konnten. Ich schüttelte den Kopf und sagte: „Niemand, ich meinte das Museum im …"

„Das kenn' ich", sie strahlte mich an, ihre Augen bildeten nun schwarze Knöpfe in diesem plüschweichen Gesicht. „Leopold, natürlich. Da gibt es jeden Freitag Chill-Out und die Deejays legen echt geil auf. Nicht so eine alte Kacke wie hier." Mit dem Kopf machte sie eine Geste in Richtung des Mischpults.

Mir gab es einen Stich, denn es lief „Higher Ground" von Stevie Wonder und im selben Moment zwang ich meinen zuckenden Oberkörper wieder starr zu sein. Ich hatte meine Hand auf ihrem Arm liegen und sie drückte ihren Schenkel gegen mein Bein.

„Vielleicht willst du woanders hin, wenn dir die Musik hier nicht gefällt?"

„Warum gehen wir nicht endlich bumsen?"

So kam ich in dieses Hotel. Mein Kopf brummte und einzelne Teile des Abends liegen noch immer bedeckt unter einer dicken Eisschicht ohne Hoffnung auf eine baldige Klimaerwärmung. Wir waren mit dem Taxi losgefahren und ich weiß noch, dass sie meine Versuche, sie am Busen oder zwischen den Beinen zu berühren, effizient abgewehrt hatte. Ich hatte mehr getrunken als mir guttat und war so geil, dass ich mich am liebsten noch im Fond des Wagens auf sie geworfen hätte, was der indische

Taxifahrer wohl mitbekommen haben musste, denn seine weißen Augen, die unter seinem Turban hervorstachen wie zwei Xenonlichter, waren mehr auf den Rückspiegel als auf die Straße geheftet. Wahrscheinlich hatte er auf Action gehofft, wie sie Bollywood-Filme selten bieten. Aber vielleicht hätte er auch nur angehalten und uns gesteinigt. In Indien geht man gegen Moralverstöße eher archaisch vor.

Bei jeder Ampel läutete Schneewittchens Handy und sie würgte die Gespräche genauso schnell ab wie meine Annäherungsversuche. Sie ließ sich in die Garage bringen und ich fragte mich, ob sie vermeiden wollte, dass man uns am Eingang gemeinsam sah. Wir stiegen aus und sie sagte, sie hätte noch kurz etwas zu erledigen. Sie drückte mir ihr Mobiltelefon in die Hand und ließ mich den Fahrer bezahlen. Als Ihr Handy abermals läutete, warf ich es genervt in einen Mistkübel.

Endlich waren wir im Zimmer. Aus der Minibar hatten wir uns einen Drink genommen. Ich saß am Bettrand. Wir hatten uns bislang nicht vorgestellt. Und genau genommen waren unsere Namen vollkommen egal. Dennoch sagte ich: „Du kennst nicht einmal meinen Namen."

„Namen sind jetzt wurscht. Außerdem weiß ich genau, mit wem ich mich einlasse. Ich nenne dich einfach Mister Big." Sie machte eine Kunstpause und ihre Lippen schmollten mich äußerst sexy an, dann setzte sie nach: „Und ich hoffe, du enttäuscht mich nicht."

Sie hätte mir nicht auf den Schritt schauen müssen, damit ich kapierte, was sie sich erhoffte, und ich überlegte, ob ich jetzt noch aus dieser Nummer herauskommen würde, bevor es zu peinlich für mich wurde. Aber wenigstens durfte ich meinen Namen für mich behalten. Ich heiße Cosinus Gauß. Das kommt davon, wenn man einen Vater mit diesem Nachnamen hat, der noch dazu Mathematikprofessor ist.

„Ich heiße Maria."

„Für mich bist du Schneewittchen." In diesem Moment hätte

ich wegen meiner Blödheit aus der Haut fahren wollen. Nicht schon wieder alles vermasseln!

Doch sie verzog nur die Mundwinkel zu einem schelmischen Grinsen und kleine Grübchen bildeten sich dabei auf ihren Wangen. Sie sagte: „Wusstest du nicht, dass Schneewittchen in Wirklichkeit Maria hieß?“

Ich wusste es nicht. Ich machte Augen wie ein Kindergartenkind, dem man ein Märchen vorliest.

Sie erklärte weiter: „Die Brüder Grimm hatten für die Figur des Schneewittchens Maria Magdalena als Vorbild.“

Mann war die gut! Sie konnte lügen, dass sich die Balken bogen und dass ich sie am liebsten gefragt hätte, ob sie bei mir in der Kanzlei einsteigen wolle. Doch ich wollte sie lieber ins Bett bekommen.

„Gib zu, auch das wusstest du nicht.“ Sie machte kleine Schritte auf mich zu. Bei jedem Buchstaben eine Zehenspitze näher zu mir. Dabei knöpfte sie ihre Bluse auf, schlüpfte aus den Schuhen und hatte ihre Augen zu Schlitzen verengt; wie eine Raubkatze bei der Jagd. In mir wuchs die Vorfreude und an mir noch etwas anderes.

Und genau in dem Moment, als sie die Bluse abstreifte und ich vom Bett hochschnellte, um sie mir zu nehmen, wurde mir schwindelig und ich sackte ohnmächtig zu Boden.

Ich erwachte in der beschriebenen Position, halb auf das Bett gestreckt. Die Matratze hatte mich aufgefangen und meinen Sturz gebremst. Dabei wäre eine Beule am Kopf im Moment das geringste Übel gewesen. Doch im Zimmer gemeinsam mit einer Leiche, das machte alles andere als einen schlanken Fuß. Ein Bild durchbohrte meine Vorstellung wie das Schwert des Magiers den Kasten mit der Jungfrau. Ich, wie ich auf Schneewittchen knie und ihr den Hals mit einem Skalpell durchtrenne.

Mir fehlt zum Glück das Panik-Gen, das manche Leute in prekären Situationen den Kopf verlieren und die Flucht antreten lässt. Selbst wenn man mir das Messer an die Gurgel setzt, bleibe ich rational. Das war jetzt natürlich ein blödes Bild, denn Schneewittchen hatte mir bewiesen, dass man mit dem Messer am Hals auch sterben kann.

Ich spielte meine Möglichkeiten durch. Aufstehen und abhauen war eine davon. Aber gut möglich, dass ich dann dem Portier in die Arme gelaufen wäre – oder der Polizei. Wer immer die Kleine auf dem Gewissen hatte, war sicher dankbar, in mir den passenden Sündenbock gefunden zu haben. Gut möglich, dass der Mörder bereits die Polizei verständigt hatte. Abhauen war also durchaus eine Option. Abhauen ja, aber überlegt.

Ich fragte mich, ob ich irgendwelche Personalien am Hotelempfang hatte angeben müssen. Doch dunkel hatte ich in Erinnerung, dass Schneewittchen die Magnetkarte für das Schloss an der Zimmertür bereits bei sich getragen hatte. Wir waren auch mit dem Lift von der Parkgarage direkt in die Etage gekommen, ohne irgendwelche Formalitäten zu erledigen. Das war gut. Das war sogar sehr gut. Verschwinden war also die weit bessere Option, als hier zu bleiben und den nutzlosen Versuch zu unternehmen, der Polizei meine Unschuld zu erklären. Ich war das Bauernopfer, dem man die „smokin' gun" in die Hand gedrückt hatte und dem niemand glauben würde.

Ich blickte mich nochmals um. Ich hatte nichts mitgebracht und würde nichts mitnehmen. Das Dumme war nur, dass überall meine DNA verteilt war. Mit Fingerabdrücken hält sich die moderne Kriminalistik gar nicht mehr auf, wenn sie aus einem Speicheltröpfchen meine gesamte Genealogie herauslesen kann. Aus einer Wimper können die Techniker die Haarfarbe irgendeiner Urahnin aus dem Kaukasus bestimmen und aus den Sekretrückständen meiner Fingerkuppen beim Betätigen der Klospülung, nachdem ich meinen Schwanz ausgeschüttelt hatte, wahrscheinlich sogar den Zeitpunkt meines ersten Orgasmus bestimmen: Ich war 17 und es geschah neben dem Turnsaal im Gerätekammerl, dort hinter dem Barren mit Emily Werner.

Emily war nicht sonderlich hübsch. Das Beste an ihr war der Geruch nach den Erdbeerschnüren, die sie den ganzen Vormittag über den Unterricht verteilt in sich stopfte. Sie hatte leichte Speckwulste um Bauch und Hüften, außerdem ein rundes Gesicht mit viel zu großen Brillen, aber sie hatte ordentliche Brüste und ließ die meisten von uns Jungs drüber, auch wenn wir uns nicht in ihr ergießen durften. Wenn sie merkte, dass ein Typ am Kommen war, drückte sie ihn aus ihrer Mitte hinaus und ließ ihn in ihre Hand spritzen. In guten Turnstunden schaffte sie zwei von uns. Einen zu Beginn, wenn das Zeugs für die Turnübungen herzurichten war, und den zweiten am Ende der Stunde, wenn es hieß „einpacken und umziehen". Einer von uns durfte dann auspacken und sie ausziehen. Die Turnmatte, auf der wir es mit ihr trieben, wurde mit der Zeit ein Ejakulat-Biotop und mir taten die Kleinen aus den Unterstufen leid, die auf der verkrusteten, blau genoppten Oberfläche Übungen machen mussten.

Wie gerne wäre ich jetzt auf der pummeligen Emily Werner gelegen statt hier neben dem viel schöneren, aber toten Schneewittchen. Im nächsten Moment lag ich dann aber doch auf Schneewittchen. Ich drückte mich gegen ihren weichen, aber kalten Körper und versuchte, so gut es ging, sie mit meinem eigenen abzudecken.

„Sehen Sie nicht, dass Sie stören?", presste ich heraus, meinen Mund auf das Gesicht der Leiche gedrückt.

„Oh, Entschuldigung …"

Das Zimmermädchen zog die Tür hinter sich zu und ich fragte mich, ob sie irgendetwas anderes gesehen haben mochte als zwei, die zur Sache kamen. Ich musste jetzt schnell sein. Den Plan, draußen den Brandmelder zu betätigen und dann einige Minuten zu warten, bis die Gäste das Hotel wegen des Alarms verlassen hatten, um das Zimmer in Brand zu setzen, verwarf ich wieder. So ein Feuer lässt sich schwer kontrollieren und ich würde nicht viel gewinnen, wenn ich meine Spuren vernichtete, um einen Mord, den ich nicht begangen hatte, zu vertuschen, dafür aber womöglich andere Menschen auf dem Gewissen hätte. Oder ich flüchtete vor den Flammen und zehn Sekunden später war das Feuer von der Sprinkleranlage gelöscht.

Das brachte mich auf eine andere Idee. Sicher war die Polizei schon auf dem Weg. Ich ging zur Tür und lauschte, ob vom Gang Geräusche zu vernehmen waren. Als ich nichts hörte, verließ ich das Zimmer und nahm den Feuerlöscher, wie er in jeder Etage angebracht war, aus seiner Halterung. Ich kehrte ins Zimmer zurück und begann den Löschschaum zu verteilen. Mit Schneewittchen fing ich an. Immerhin hatte ich gerade auf ihr gelegen. Sie verschwand unter dem weißen Schaum wie eine verirrte Tourengeherin im Winter, verschluckt von Eis und Schnee. Als nur mehr die Umrisse zu erkennen waren, tat sie mir plötzlich leid. Solange ich unter Anspannung stehe, ist das Empathiezentrum in mir blockiert. Mir geht es da wie den amerikanischen GIs, die, solange sie am Kämpfen und am Töten sind, kein Mitleid empfinden und die dann nach Jahren, als Veteranen, daheim durchknallen. Jetzt musste ich weinen. Das passierte mir manchmal und ich konnte es nicht kontrollieren. Ich musste aufpassen, dass ich nicht im Gerichtssaal in Tränen ausbrach.

Ich würde zu gern vergessen, wie es mich damals mitten in einer Scheidungsverhandlung überkommen war. Der Richter fragte sofort, ob etwas nicht In Ordnung sei, und ich musste eine Ausrede finden. Ich schützte vor, dass mir die armen Kinder unendlich leidtäten. Denn nach so einer Trennung waren sie entweder innerlich zerrissen oder sie würden als unnötiger Ballast hin und her geschoben werden. Das scheidungswütige Paar, das eben noch um die letzten stinkenden Socken gestritten hatte, fiel sich in die Arme und begann ebenfalls zu schluchzen. Die Scheidung wurde abgeblasen und ich verdiente viel weniger Geld. Das war der eigentliche Grund zum Weinen.

Jetzt war es Schneewittchen, die meine Emotion außer Kontrolle gebracht hatte. Mir tat aber auch leid, dass ich keinen Sex mit ihr gehabt hatte. Selbst als Leiche hatte sie noch ihren Reiz. Dieser Gedanke ließ mich den Kopf schütteln. Eine nekrophile Ader in mir wäre ebenso neu gewesen wie die des Gewalttäters, aber vielleicht zweifelte der Mörder an meiner Person und hatte deshalb ihre Schamlippen vernietet, um mich vom Sex mit einer Leiche abzuhalten?

Während ich diese Gedanken wälzte, war das Bett völlig unter der Decke aus Löschschaum verschwunden. Ich hoffte, dass ich nicht noch einen Feuerlöscher holen musste, weil der erste bald leer sein würde. Aber letztlich schaffte ich es, alles in dem Raum damit zu überziehen. Ich warf Schneewittchen einen letzten Blick zu, nahm ihre Tasche an mich, drückte dann am Gang das Glas für den Alarm ein, und während die Feuermelder ihr schrilles Pfeifen von der Decke warfen, nahm ich den Lift in die Garage. Unten fragte ich mich, wieso wir über die Garage kommen konnten, wenn wir doch mit dem Taxi zum Hotel gefahren waren.

4.

Vor dem Hotel reflektierten Glasscheiben die Blaulichter der Feuerwehrfahrzeuge. Ein paar Männer in Montur stampften mit schweren Schritten in die Lobby, aus der noch vereinzelte Menschen hetzten, Erstaunen und Verwunderung und vielleicht auch Angst um das in den Zimmern zurückgelassene Hab und Gut in den Gesichtern. Die Vorsichtigen hatten wohl das Wichtigste in die Bauchtaschen gestopft. Und die Raucher hatten ihre Zigaretten gerettet.

Ich empfand ein wenig Häme, als ich zwei Pärchen in sehr leichter Montur auf dem Gehsteig ausmachte. Die blonden Damen trugen Negligés und zeigten ihre Beine und sonstigen Reize, während deren Begleiter in Schlapfen unterwegs waren. Der eine hatte eine Jogginghose an, der andere Boxershorts und ein ärmelloses Shirt, aus dem vorne wie hinten schwarz gekräuselte Haare quollen. Ich betrachtete deren Visagen und war mir sicher, dass es sich um Russen handeln musste. Eine schiefe Nase wie Putin und ein aufgedunsenes Gesicht, Zeichen für zu viele Kartoffeln. Gekocht und auch in flüssiger Form. Und so einen Pelz auf Brust und Rücken braucht man nur in Sibirien.

Zwei Feuerwehrmänner mit Atemschutzmasken liefen an mir vorbei in die Garage. Ich drehte ab und überlegte nun, wie viel Zeit mir blieb. In gut zehn bis fünfzehn Minuten würden sie das Hotel soweit gecheckt haben, um zu wissen, dass kein Feuer ausgebrochen war. Dann würden sie den Melder prüfen, von dem der Alarm gekommen war, und die dortige Etage unter die Lupe nehmen. Das würde vielleicht zehn Minuten dauern und dann etwa weitere zehn, bis das Blaulicht der Polizei mit jenem der Feuerwehr Hochzeit feiern konnte. Eine halbe Stunde, in der ich so viel Distanz wie möglich zwischen Schneewittchen und mich bringen sollte. Es durfte keine Flucht sein, sondern es sollte wie das Bemühen, einen knappen Termin einzuhalten, erscheinen.

Ein Polizeifahrzeug näherte sich im Einsatz. Ich zwang mich, ihm nicht nachzusehen, drehte den Kopf aber doch leicht zurück. Als sich die Tonfolge immer weiter entfernte und die Töne tiefer wurden, eilte ich etwas entspannter weiter. Der Einsatz hatte nicht dem Hotel gegolten, zumindest noch nicht.

Am Ring, ich ging gerade am Café Schwarzenberg vorbei, in dessen Schanigarten sich die Touristen um einen Platz rauften, fiel mir ein, dass ich ja gestern mit dem Auto gekommen war. Ich hatte es noch vor dem Volksgarten geparkt. Ich ging also vor bis zur Oper, und weil ich das Gefühl hatte, ein wenig wackelig auf den Beinen zu stehen, wollte ich dort in einen Ringwagen einsteigen, um mich die zwei Stationen bis zum Volksgarten bringen zu lassen. Ein Kaffee wäre ganz gut. Ich überlegte, die Ankerfiliale in der Passage aufzusuchen, um mir einen Cappuccino im Pappbecher zu besorgen. Ich betrat die Rolltreppe und plötzlich drehten sich nicht nur deren Antriebsräder.

Als ich die Augen aufschlug, sah ich in zwei besorgte Gesichter. Eine dunkelhäutige Frau, die ein Kopftuch über ihre Haare gebunden hatte, und ein Typ ungefähr in meinem Alter, wie ich an den silbern schimmernden Bartstoppeln auf seinen Wangen sehen konnte.

„Haben Sie sich wehgetan? Ist Ihnen nicht gut?"

Er reichte mir die Hand und ich sah ein Schlangentattoo auf seinem rechten Unterarm. Mit einem Ruck hatte er mir hochgeholfen. Ich musste gestürzt sein.

„Danke", sagte ich und putzte den Staub von meinem Jackett. Die Bewegung verursachte leichten Schmerz, aber es schien nichts gebrochen zu sein, als ich loshumpelte. Der Mann gab meine Hand frei und die Frau legte mir ihre auf die Schulter.

„Wollen nicht besser setzen?", fragte sie mit Akzent.

Ich schüttelte meinen Kopf. „Es geht schon", sagte ich. „Ich brauche nur einen Kaffee."

„Des glaub' ich a", sagte der Mann sardonisch. Offenbar sah

man mir die schwere Nacht an. Seine Schlange war wieder in den Hemdsärmel gekrochen, dafür sah ich jetzt die Goldkettchen um Handgelenk und Hals.

Wenig später saß ich in einem Zug der Linie 1. Die Hände hatte ich um den warmen Becher geschlungen. Nach einigen Schlucken fühlte ich mich wieder der Welt um mich zugehörig. Offenbar hatten mir Stress und Aufregung weit mehr zugesetzt als gedacht.

Endlich hatte ich meinen Wagen erreicht. Ein alter 3er BMW, der nur mehr durch die liebevolle Wartung meines Mechanikers zusammengehalten wurde. Hinter dem Scheibenwischer begrüßte mich ein Liebesbrief der MA 67, der Magistratsabteilung für Parkraumbewirtschaftung.

Mein Auto war aber nicht das einzige, das am Vorabend vor dem Club stehen geblieben war. Links und rechts von meiner Karre prangten weitere Erlagscheine an den Windschutzscheiben. Mit Ausnahme des Wagens direkt rechts neben meinem. Ich konnte mich an den grauen SUV erinnern, weil er gestern schon dagestanden hatte und ich mich darüber ärgerte, dass er anderthalb Parkplätze für sich beanspruchte. Natürlich hatte so ein Bonzenfahrzeug keinen Strafzettel bekommen. Und ich hatte mich gestern so in die verbleibende Lücke hineingequetscht, dass der Fahrer des SUV seinen vermutlich fetten Bauch würde einziehen müssen, um einsteigen zu können.

„Fahren Sie weg?“

Ich drehte mich um und sah einen beleibten Mittvierziger mit Doppelkinn neben meinem Fenster stehen. Ich war zwischenzeitig ins Auto gestiegen und hatte die Seitenscheibe heruntergelassen. Ich nickte und ließ den Motor an. Als ich weiter vorne beim Burgtheater in den Ring einbog, fiel mir ein, dass es sich bei dem Typen um einen Politiker gehandelt hatte. Irgendein Bezirkspolitiker, der es mit seinen markigen Sprüchen immer wieder auf die Titelseiten schaffte. Wieso konnte der ohne Zeitlimit parken? Vielleicht mit Handyparken. Oder der Wagen war auf das Rathaus zugelassen. Ein fescher Dienstwagen. Politiker müsste man sein, dachte ich. Und dann fiel mir ein, dass er gestern an dem Tisch gesessen war, den Schneewittchen noch aufgesucht hatte, bevor sie mit mir abgezogen war. Und ihre Hand war die, die ich zuvor im Halbdunkel gesehen hatte. Die sich das Geld geholt hatte.

5.

Ich hatte den Wagen in der Paulanergasse gerade eingeparkt, als mein Telefon läutete. Ich zuckte zusammen. Aber nur, weil es sich mit dem Radio verbunden hatte und das Klingeln in einer infernalischen Lautstärke kam. Ich sah, wie sich in einem nahen Schanigarten einige Köpfe in meine Richtung drehten. Es war Dragana.

„Was willst du? Ich bin gleich da. Hab ich irgendwelche Termine versäumt?“, fragte ich unfreundlich.

„Deswegen rufe ich ja an. Die Verhandlung am Arbeitsgericht wurde vertagt, der Richter oder sein Praktikant haben in der Früh angerufen und sich entschuldigt, der neue Termin kommt mit Ladung und Stanisic hat die Besprechung am Nachmittag abgesagt, er hat heute angeblich keine Zeit. Wenn du mich fragst, hat er schon wieder die Stadt verlassen.“

„Ich frag' dich aber nicht.“

Mirko Stanisic war einer der Klienten, mit denen ich ein paar Dinger drehte, nichts Großes. Immer wenn ihm das Pflaster hier in Wien zu heiß wurde, tauchte er für ein paar Tage unter. Vor allem der eine Clan aus dem Kosovo war nicht gut auf ihn zu sprechen, seit das mit den Schüssen beim Figlmüller war. Ich schien bei seinen Transaktionen zum Glück nirgends auf, konnte aber bei Gelingen durchaus die Hand aufhalten. Schade, sagte ich zu mir, ich hatte heute mit ein paar lila Scheinchen gerechnet. Solange es sie noch gab.

„Sonst noch was?“, fuhr ich Dragana schroff an.

Sie brauchte das. Wenn ich sie zu gut behandelte, würde sie sich vielleicht eine besser und vor allem regelmäßig bezahlte Arbeit suchen, doch so traute sie sich nicht einmal über eine Kündigung nachzudenken.

„Ich wollte heute früher Schluss machen, wenn sonst nichts ansteht. Meine Tochter kommt mit der Kleinen vorbei.“

„Melanie?"

„Valerie!"

Wieder hatte ich vergessen, wie lange Dragana schon für mich arbeitete und wie lange es tatsächlich her sein musste, dass wir was miteinander laufen hatten. Das war vor ihren Töchtern gewesen. Und die Ältere der beiden hatte jetzt selbst schon ein Kind. Dragana war also eigentlich eine GRILF, eine #Granny I'd like to fuck#. Warum ihre Tochter das Kind ausgerechnet Valerie nennen musste, würde mir ewig ein Rätsel bleiben. Zu einem Nachnamen wie Pantelic hätte eine Sladjana oder von mir aus Silvija einfach besser gepasst.

„Wenn es auf deine Zeit geht, kannst du von mir aus eine halbe Stunde früher Schluss machen."

„Bei dem, was du mir zahlst, hätte ich die letzten zehn Jahre zu Hause bleiben können."

„Vorsicht", warnte ich Dragana, „das kann schneller passieren, als dir lieb ist. Und was würde Ratko dann dazu sagen?"

„War ein Witz. Bis morgen."

„Bis morgen, aber pünktlich."

Ich hatte das letzte Wort und ich hatte die Chefkarte gezogen. Natürlich hätte ich sie auch nach Hause schicken können, zu tun gab es im Moment nicht viel, aber ein wenig Schikane entspannte mich. Dafür würde ich nicht früher gehen. Denn ich würde erst gar nicht kommen. Beschloss ich und startete den Motor. Die Fehlzündungen ließen ein paar Gastgartenbesucher blöd gaffen. Würde die Polizei bereits nach mir fahnden, würden die Bullen sicher zuerst in der Kanzlei antanzen.

Keine fünf Minuten später hatte ich mein Ziel erreicht. Ich war beim Mittersteig. Nicht bei der bekannten Strafvollzugsanstalt, sondern bei meinem Wohnhaus. Mittlerweile war ich es leid, zu betonen, dass ich nicht im Gefangenenhaus zu tun hatte, wenn ich nach Hause wollte und dem Taxler meine Adresse gab. Auch im Bekanntenkreis mache ich nur noch Scherze darüber, wenn einer sagt: „Das ist aber praktisch. Da bist du ja ganz in der Nähe von deinen Klienten."

„Nur, wenn ich versagt habe und sie einsitzen müssen", antworte ich dann meist. Und schiebe oft nach: „Aber das Beste ist: Die Kuchen, in die ich die Feile einbacke, sind meist noch warm, wenn ich sie rüberbringe."

Es war weit nach Mittag und ich hatte Hunger. Also kehrte ich bei meinem Stammwirt ein. Sein Lokal am Eck betrieb er seit vielen Jahren und ebenso lang kannten wir uns. Früher hatte mich auch noch was anderes hingetrieben, doch das war jetzt vorbei. Ich betrat das Lokal und grüßte Severin, der hinter der Budel stand und gerade zwei Bier zapfte.

„Für mich kannst auch gleich eins machen", rief ich ihm zu und suchte mir einen Platz etwas weiter hinten, nicht direkt am Fenster. Ich sitze nicht gern in der Auslage.

Die meisten Tische waren frei, lediglich ein Maler in seiner fleckigen Kluft und zwei Bauarbeiter, die ihre Mittagspause ausdehnten, saßen da. Am Tisch schräg mir gegenüber saß im Zwielicht, durch das sich dünnfadig die Rauchschwaden schlichen, ein Pensionist, der die Kronen Zeitung studierte. Ich hatte selbst auf das Blatt gespitzt, sagte mir dann aber, dass dort wohl noch nichts drinstehen würde. Dafür lief in der Ecke der Fernseher. Die Mittagsnachrichten würden gleich beginnen. Der Ton war auf leise gestellt und ich würde nicht den Fehler machen, den Wirt zu bitten, lauter zu stellen. Das waren genau die Indizien, die so manchen schon zu Fall gebracht hatten. Severin stellte das Bier vor mir ab und fragte, ob ich etwas essen wolle. Ich bejahte.

„Als Menü haben wir heut an g'selchten Schopf mit Kraut und Knödel oder sonst Augsburger mit g'röste Erdäpfel."

„Dann will ich das Einser-Menü", sagte ich.

„Den Schopf?", vergewisserte sich Severin.

„Nein", sagte ich, „ein Schnitzel."

Severin grinste: „Geht klar, der Herr in der Panier will's Fleisch in der Panier."

Nachdem er die Bestellung in der Küche aufgegeben hatte, kam er mit einem Gewürzbord, auf dem sich in der Mitte tatsächlich noch eine braune Maggi-Flasche befand, und einem in eine große Papierserviette eingewickelten Besteck zurück und sagte, während er mit seinem Geschirrtuch ein paar Brösel vom Tischtuch fegte: „Warst lang nicht da. Wie läuft's?"

„Nicht gut, ich kann nicht klagen", sagte ich.

Severin machte einen grübelnden Gesichtsausdruck, bis der Anwaltswitz bei ihm durchgesickert war, dann lachte er.

In der Zwischenzeit war am Bildschirm der Nachrichtensprecher erschienen und ich versuchte, zumindest die Headlines zu verstehen. Nach einem Bericht über einen EU-Gipfel und den nächsten Skandal um das neu errichtete Krankenhaus im Norden Wiens kamen die Lokalnachrichten. Ich trank einen Schluck Bier und das Glas blieb an meinen Lippen hängen, als der nächste Beitrag über den Fund einer Frauenleiche in einem Wiener Hotel berichtete. Man sah sie zwar nicht, aber Schneewittchen hatte es in die Nachrichten geschafft. Keine besonders erstrebenswerte Form der Publicity. Ich würde hier nicht auftreten wollen. Und das Einzige, was das verhindern konnte, war, die Aufklärung dieses Verbrechens in die eigene Hand zu nehmen. Ich musste den Täter finden.

Severin erschien mit einem Teller aus der Küche.

„Sicher eine Nutte, die ihr Zuhälter gemacht hat", sagte er, den Kopf leicht nach hinten in Richtung Bildschirm gedreht, als er das Schnitzel vor mir abstellte. Der Duft der Zitronenspalte und der gebackenen Brösel stiegen mir in die Nase.

„Ich habe nicht aufgepasst", log ich und griff nach dem Besteck und wandte mich meinem Essen zu.

Während ich durch die knusprige Panier schnitt, rechnete ich nach, bei welchem Ermittlungsschritt die Kriminalisten jetzt sein mussten. Hatten sie die familiären Verhältnisse schon durchleuchtet und Eltern oder Ehemann schon ihre Aufwartung gemacht? Mit ernster Miene mitgeteilt, dass die Tochter oder Ehefrau einem Verbrechen zum Opfer gefallen war? Und dann gleich in den damit aufgerissenen Wunden weitergebohrt und nach möglichen Tätern gefragt: „Hatte Ihre Tochter Feinde?“ Oder den Partner nach möglichen Motiven ausgehorcht: „Können Sie sich erklären, warum Ihre Frau in dem Hotel war? Wo waren eigentlich Sie?“

Ein plumper Ermittler konnte mir richtig viel Zeit verschaffen, weil die meisten Hinterbliebenen auf solche Fragen zunächst verstockt reagierten und in den distanzlosen Kriminalisten die realen Feinde sahen, die sich nun in ihren Intimbereich einmischen und dort herumschnüffeln wollten. Womöglich würden sie aber zunächst den Arbeitsplatz aufsuchen. Was hatte Schneewittchen wohl gearbeitet? Ich ließ den sonderbaren Abend Revue passieren und konnte mich nicht daran erinnern, dass wir darüber gesprochen hätten, also über das, was jeder von uns machte. Sie behauptete, Maria zu heißen, und mir fiel wieder ihre hanebüchene Geschichte über Schneewittchen ein.

„Schmeckt's dir heut' nicht?“, fragte Severin und ich stellte fest, dass ich mehr Gedanken als mein Schnitzel gekaut hatte.

„Aber natürlich, nur wenn ich langsamer ess', legt sich's nicht so an, hab ich wo gelesen“, sagte ich, worauf Severin Drahdiwaberl zitierte und sagte: „Schnallt's den Gürtel enger, dann halt es Schnitzel länger.“

Stefan Weber, der Sänger von Drahdiwaberl hatte hier in der Nähe gewohnt. Doch Weber war tot und seine Band fast in Vergessenheit geraten, selbst wenn der legendäre Falco dort in seinen Anfangszeiten einmal Mitglied gewesen war. Ich kaute wieder ein paar Bissen und überlegte, was ich als Nächstes zu tun gedachte. Ich kannte einen Journalisten, der auch Gerichtsreporter war. Sicher würde dessen Anruf bei der Polizei mehr herausbringen als meiner. Doch bevor ich ihn anrufen und um ein Treffen bitten konnte, läutete mein Telefon.

Zwei Arten von Anrufen gibt es, die jeder Anwalt fürchtet: Kategorie eins – die der Kammer. So ein Anruf bringt meist

Probleme, weil denen wieder irgendetwas nicht passt. Etwa weil man sich nicht an die Standesregeln gehalten hat. Oder man sich disziplinar unkorrekt verhalten hat. Am besten man pfeift auf das, was sie wollen, weil es meist an Schwachsinn grenzt oder diese Grenze eindeutig überschritten hat. Aber man darf es auch nicht übertreiben mit dem Ignorieren. Womöglich verliert man die Zulassung und muss dann wie viele ehemalige Kollegen in der Illegalität weitermachen. Nicht, dass das, was ich praktiziere, alles legal wäre, aber es hat zumindest den Anschein. Und die zweite Kategorie sind die unzufriedenen Mandanten und davon sind die Schlimmsten jene, die auf ihr Geld warten. An der Nummer des jetzigen Anrufers erkannte ich sofort, dass es der Typ war, dessen Prozesserfolg mich gestern aus der Bredouille geholt und dessen Geld ich zwischen Dragana und mir aufgeteilt hatte.

„Was sind Sie eigentlich für ein Anwalt?", eröffnete er das Gespräch.

„Ihrer", gab ich zurück.

„Daran muss ich zweifeln. Ich habe vorhin mit dem gegnerischen Anwalt telefoniert und der teilte mir nicht nur mit, dass ich gewonnen habe, sondern auch, dass er den eingeklagten Betrag bereits an Sie überwiesen hätte. Wieso erfahre ich das nicht von Ihnen?"

„Ich habe heute den Brief diktiert. Und das Geld wird ihnen spätestens morgen überwiesen."

Er machte eine Pause. Ich konnte sein nunmehr entspanntes Schnaufen in der Leitung hören. „Dann ist es ja gut", sagte er, und bevor er auflegte fragte ich ihn noch: „Warum haben Sie eigentlich zuerst die Gegenseite und nicht mich angerufen?"

„Hab ich ja, aber ich konnte Sie nicht erreichen und Ihre Sekretärin hat mich auch nur vertröstet."

Er legte auf und ich hatte ein weiteres Problem. Ich musste irgendwie an Geld kommen. Jetzt war es dringend, denn ich musste den Klienten bezahlen, bevor er Wirbel schlug und damit meine Absenz zum Thema machte. Entweder Geld eintreiben bei Leuten, bei denen das nicht gesund ist, oder Geld ausborgen bei solchen, bei denen das noch weniger gesund ist. Ich schob den Teller beiseite. Das Schnitzel war kalt, die Panier von der Zitrone aufgeweicht und mein Appetit vergangen.

„So legt es sich ganz sicher nicht an", sagte Severin, als er den Teller mit dem übrig gebliebenen Stück abservierte. Ich bestellte noch einen Kaffee, und als ich dann zahlen wollte, beugte er sich zu mir hinab und flüsterte: „Komm, ich muss dir was zeigen, du warst ja wirklich lange nicht da." Er grinste, als würde er mir die Stelle verraten, wo der Zaun eines Nacktbads bei den Frauen ein Loch hat.

Ich erhob mich und folgte ihm. Wir kamen an den Toiletten vorbei, wo sich der brennende Geruch des Salmiaks der Duftsteine ausbreitete. Er schloss eine Tür mit der Aufschrift „Unbefugten Zutritt verboten" auf, und kaum hatte ich den Raum betreten, befand ich mich in einem Märchen aus Blinken und mechanischem Rattern.

„Ganz neue Maschinen", sagte Severin und ich blickte auf eine Batterie an einarmigen Banditen.

Das Leuchten der Anzeigen spiegelte sich in meinen Augen und ich spürte, wie meine Hände feucht wurden. Das war die Chance, ich wusste es. Damit würde ich meine finanziellen Sorgen lösen.

6.

Als ich heimkam, standen mir die Tränen in den Augen. Nicht wegen des verlorenen Geldes, das war ja nicht meines gewesen, es war noch immer wegen Schneewittchen. Als ich in den Lift stieg und die Taste für das Dachgeschoss drückte, hatte ich ihr Bild vom Vortag vor Augen. Niemand sollte mich mit nassen Augen sehen, also verschwand ich schnell in meiner Wohnung.

Man darf jetzt keine übertriebenen Vorstellungen haben, wenn man sich die Bleibe eines Rechtsanwalts unter dem Dach eines Hauses in Wien Margareten vor Augen führt. Als ich die Wohnung vor über zwanzig Jahren bezog, war die Gegend um einiges günstiger als heute und ich habe sie von einem Künstler übernommen. Allein mit dem Pfand der Bierflaschen, die ich in allen möglichen Ecken und Winkeln fand, konnte ich einen Monat lang die Betriebskosten zahlen. Schade, dass man für Schnapsflaschen nichts erhält, denn mit denen hätte ich auch noch die Miete gehabt.

Ich weiß nicht, welche Art Kunst der Mann gemacht hat, auf den paar großformatigen Bögen, die ich zwischen den Flaschen gefunden habe, klebten nur weibliche Genitalansichten, die er zu Hunderten aus Magazinen ausgeschnitten haben musste. Viele hatte er dann nachgemalt. Das Seltsame war, dass diese Collagen, aus der Ferne betrachtet, aussahen wie eine Galerie an Köpfen. Das Geschlecht war das Gesicht und die Schamhaare umkränzten es wie Frisur und Bart. Das Auge glaubte tatsächlich, eine Galerie männlicher Köpfe mit Bärten zu sehen, das war vielleicht die Botschaft, die der Künstler vermitteln wollte.

Ich fand auch noch ein paar Fotos, die bei seinen Ausstellungen entstanden sein mussten. Er posierte nackt auf den ganzen Frauenmösen. Die Plakate lagen um ihn herum am Boden. Der alte Mann hatte buschige Augenbrauen, lange, dünne Haare und einen dafür umso volleren Bart, der fast bis zum Nabel reichte.

Sein Penis war klein und schrumpelig, wahrscheinlich vom vielen Alkohol verdorrt. Er übergoss sich dann mit einer klebrigen Flüssigkeit und wälzte sich auf den Plakaten, wo er mit seinem Bart wie mit einem Pinsel wilde Striche und Kleckse hinterließ.

Ich habe über den Mann weder einen Wikipedia-Eintrag gefunden noch den geringsten Hinweis, dass er je einen Preis erhalten hat. Offenbar ein echter Künstler, dessen Interesse nur seinem Werk, aber nicht dem Erfolg galt. An seinem siebzigsten Geburtstag hat er sich aus dem Fenster auf die Straße gestürzt und ich konnte die Wohnung günstig übernehmen. Zwei seiner Bilder habe ich sogar an der Wand hängen. Eines davon erinnert an eine Blume.

Ich kam traurig und pleite in die Wohnung, die sich seit meinem Einzug nur wenig verändert hatte. Weder hatte ich am Dach die Terrasse bauen noch im hohen Wohnraum die vom Makler empfohlene Galerie einziehen lassen. Neues Bad, Klo und Küche und ausmalen, das war's gewesen. Für alles andere fehlte mir das Geld und tut es bis heute noch. Der Nachmittag hatte ein weiteres Loch in mein Budget gerissen, aber ich kann einfach nicht an so einem Spielautomaten vorbeigehen. Dabei dachte ich, dieses Laster endlich im Griff zu haben.

Ich zog die Jalousie zu und stellte den Fernseher an, während ich aus den Kleidern schlüpfte. Aus der Küche holte ich mir einen Gin Tonic, ließ aber den Gin weg, da ich jede Minute mit meiner Verhaftung rechnete. Ich hatte genug Strafverfahren geführt, dabei oft wahre Verbrecher herausgeboxt, zugleich aber auch wiederholt erfahren, wie Unschuldige von den Mühlen der Justiz zermalmt wurden. Geld und Glück entschieden oft genug über das Schicksal von Menschen. Ich hatte weder das eine noch das andere. Die Fakten sprachen gegen mich und selbst das kleine Ablenkungsmanöver im Hotel würde mich nicht lange retten können. Die Leiche war gefunden und spätestens heute Abend oder morgen würde die Kriminalpolizei die letzten Stunden Schneewittchens rekonstruiert haben.

Als ich mich vor dem Fernseher niederließ, lief der erwartete Bericht über eine heute Morgen in einem Wiener Hotel gefundene Frauenleiche. Man kenne die Identität des Opfers, sagte der junge Fernsehsprecher mit eindringlichem Blick in die Kamera, der bei mir den Eindruck erweckte, als wollte er direkt zu mir sprechen. Maria Schneider habe als Treuetesterin für eine Agentur gearbeitet, sprach der Ansager weiter und die Polizei sei auf der Spur des letzten Opfers der als Lockvogel tätigen Frau. Ich drückte mein Glas fester in der Hand und zwang mich ganz ruhig weiter zu atmen. Kontrolle war wichtig. Ich vermeinte die Glocke läuten zu hören und dazu die Worte: Cosinus Gauß, ich nehme Sie wegen des dringenden Verdachts des Mordes an Maria Schneider fest. Doch das war nur meine Fantasie, die mir den Blick in diese meine nächste Zukunft offenbarte. Dann wurde ein verschwommenes Standbild aus einer Überwachungskamera eingeblendet, das mich am Gang mit dem Löscher zeigte. Das Bild wurde gegen eine scharfe Aufnahme ausgetauscht. Ein Profilbild aus Facebook. Doch das war nicht ich. Daneben das Insert: Erste Spur führt zu Verdächtigem aus Wirtschaft.

Ich stellte mein Glas am Couchtisch ab, bevor es Gefahr lief, endgültig in meiner Hand zerdrückt zu werden. Die Polizei habe sich auf die Spur der letzten Zielperson des Opfers gemacht: ein gut vernetzter Immobilientycoon, der aber für eine Befragung noch nicht greifbar gewesen sei. Ich kannte den Mann: Sigurd Renko. Das war jener Finanzjongleur, der taumelnde Kaufhausketten in sprudelnde Geldquellen verwandeln konnte und ein Großprojekt nach dem anderen durchzog. Einkaufszentren, Fußballstadien oder Luxushotels. Zuletzt jedoch war er finanziell selbst in Schieflage geraten, wie man in Insiderkreisen munkelte. Es war mein Glück, dass Dragana ein Society-Freak war und immer den neuesten Klatsch aus der Welt des Adels und der Hochfinanz kannte. Sie behauptete immer, ich müsste einen dieser Fische an Land ziehen, dann hätten wir ausgesorgt.

Mir fiel ein, dass sie erzählt hatte, dass Renko auf Freiersfüßen wandelte und dass bald die Hochzeit mit Sylvie Vangurten, der Erbin einer Kaufhauskette, anstehen würde. Wenn die Gerüchte stimmten, dann war das auch die nötige Kapitalspritze für sein Imperium. Schwer zu sagen, was an den Gerüchten stimmte, doch so ergab das alles für mich ein schlüssiges Bild. Der Mann brauchte Geld, die Braut brachte das Geld und die argwöhnische Verwandtschaft wandte sich an eine Lockvogelagentur, um die Zuverlässigkeit des anstehenden Familienmitglieds zu testen oder, wenn man ihm die Freiheit eines Seitensprungs vielleicht sogar noch zugestehen wollte, um ihn im Zuge des Liebesgeflüsters über seine wirtschaftlichen Pläne auszuhorchen. Man wollte sicher nicht den Judas zum Messias machen. Ich stellte mir vor, was ich nach einer Hochzeit mit so einer schwerreichen Braut mit den dann zur Verfügung stehenden unbeschränkten Mitteln alles anstellen würde. Warum ist der Lockvogel ausgerechnet an mich geraten?

Mein Telefon läutete und die Nummer am Display bereitete mir umgehend Unbehagen. Es gibt nicht nur zwei Arten von Anrufen, die der Anwalt fürchtet, es gibt noch eine dritte Kategorie, die man als Mann fürchtet: Anrufe der eigenen Mutter.

Offenbar fühlen sich Mütter gerade bei alleinstehenden Männern bemüßigt (oder sie nehmen sich das Recht heraus), immer über jeden Schritt ihrer Sprösslinge informiert zu sein, wenn diese in ihren Augen familientechnisch gescheitert sind oder zumindest nicht ihren Ansprüchen genügen. Weil ich ihr weder Eheweib noch Nachwuchs bieten konnte, dachte sie wohl, ich wäre schwul oder aber nicht für eine längerfristige Partnerschaft geeignet. Dieses womöglich eigene Scheitern wurde also ständig hinterfragt und sie rief mich bei allen möglichen unpassenden Gelegenheiten an. Im Verhandlungssaal, wenn der Richter seine Kappe aufsetzte, um meinen Mandanten für zwanzig Jahre hinter Gitter zu bringen, oder eben jetzt, wo ich jede Minute mit meiner Verhaftung rechnete.

„Hast du gerade die Nachrichten gesehen?"

Jetzt wurde sie mir unheimlich und sofort reimte sich mein Hirn zusammen, dass sie hinter der Sache mit Maria Schneider stecken könnte. Ein Test, um meine sexuelle Orientierung zu erkunden.

„Ja", sagte ich, „warum?"

„Hast du das mit diesem schrecklichen Mord an dem armen Mädchen gesehen?"

Also doch!

„Ja, warum?"

„Ist dir dabei nichts aufgefallen?"

Ich schüttelte den Kopf. Auf einmal war ich wieder der kleine Bub, der vergessen hatte, sein Jausenbrot zu essen, und dafür Schimpfe bekam. Nach einer Schrecksekunde sagte ich gefasst: „Was soll mir dabei aufgefallen sein?"

Natürlich war mir was aufgefallen. Ich war in den letzten zwei Tagen wiederholt vom Mordopfer angesprochen worden, ich hatte die Nacht neben ihr verbracht und ich war neben ihrer Leiche aufgewacht. Man müsste ein Meister der Verdrängung sein, um das alles nicht bemerkt zu haben, aber das sagte ich nicht.

„Dieser Sigurd Renko sieht fast so aus wie du!"

„Aber der ist doch fett", antwortete ich jetzt empört, ohne nachzudenken.

„Aber mein Bärchen, ihr seht eben beide stattlich aus."

Sinnlos, über den verklärten Blick einer Mutter zu diskutieren. Ich konnte nicht anders, als mich zu erheben und zum Spiegel im Vorraum zu gehen. Der gehörte wieder einmal geputzt, war mein erster Gedanke, als ich mein Ebenbild in den Schlieren betrachtete.

„Vielleicht hast du recht", sagte ich, bevor ich mich verabschiedete und auflegte. Ich stand noch einige Minuten vor dem Spiegel und knetete an meinen Rundungen. Ich fragte mich, ob die Gefängniskost entsprechend kalorienarm sein würde, wusste aber um das Bild einiger ehemaliger Klienten, die an diesem Ort noch dicker geworden waren.

Leider hatte meine Mutter nicht ganz unrecht, wenn sie mir eine optische Ähnlichkeit zu Renko zumaß. Wir hatten beide diese Backen, die das Gesicht kreisrund erscheinen lassen, wie man das von Kinderzeichnungen kennt. Mein Kinn war vielleicht etwas ausgeprägter und länger, doch auch die eher kleine und knubbelige Nase hatten wir gemein. Renko hatte zwar eine andere Frisur und Haarfarbe, aber auch das eher dünne Haar, das sich um den Kopf legte, teilten wir. Bei schlechtem Licht hätten wir als Brüder durchgehen können.

Mein Telefon läutete abermals. Wieder meine Mutter. Bevor sie noch etwas sagen konnte, hatte ich das Wort ergriffen: „Du musst dich vorhin völlig getäuscht haben. Ich und Renko, wir haben optisch nicht viel gemein." Und auch sonst nichts, sagte ich zu mir, als ich an seine Millionen dachte.

„Deswegen hab ich jetzt gar nicht angerufen", sagte meine Mutter. „Ich habe vorhin vergessen, dir zu sagen, dass ich morgen bis zum Wochenende wegfahre. Es wäre toll, wenn sich in der Zeit jemand um Papa kümmern könnte. Red' dich mit deinem Bruder zusammen."

Das hatte gerade noch gefehlt. Weder hatte ich Lust, den alten Trottel, der nur mehr vor sich hin sabberte, zu besuchen, noch wollte ich mit meinem Arschloch von Bruder deswegen reden müssen. Ich hatte jetzt etwas anderes zu tun. Ich musste mich auf die Spur von Maria Schneider machen. Und diese Spur führte mich zuerst zu Sigurd Renko.

Ich rief Dragana an. Die war es gewohnt, dass ich sie öfter des Abends anrief. Meist war ich dann betrunken und versuchte sie zu überreden, mit mir zu schlafen. Es klappte nie. Vermutlich sehnte ich mich auch gar nicht nach Sex, sondern wollte nur mit jemandem reden und dabei eine vertraute Stimme hören.

„Bist du um diese Zeit schon dicht?", fragte sie anstelle einer Begrüßung.

„Warum?“ entgegnete ich. „Wie kommst du darauf?“

„Wenn du am Abend bei mir anrufst, dann nur, weil du mit mir bumsen willst.“

Ich lachte ins Telefon und sagte: „Nein. Ich brauch etwas anderes von dir. Du kennst dich doch in der High Society so gut aus. Was weißt du über Sigurd Renko?“

Ich hörte sie ins Telefon atmen und konnte bildlich die Zahnrädchen in ihrem Hirn rattern sehen, als sie sich jetzt vermutlich fragte, ob das ein Ablenkungsmanöver sein könnte, um sie letztlich doch wieder ins Bett zu bekommen. Bevor die Pause zu lang wurde, sagte sie: „Ziemlich viel. Ich hoffe, du hast Zeit.“

Zum Glück musste ich nicht weit fahren. Es war ein typisches Häuschen in einer Wiener Vorstadtgegend. Die Hecken hoch, die Gärten klein und die Garagen auch. Und da jeder hier einen Zweitwagen hatte, waren die engen Gassen auf beiden Seiten zugeparkt. In den meisten Wohnzimmern war der Fernseher an.

Kalksburg war vor allem wegen seiner Trinker bekannt, jener Alkoholaffinen, die es übertrieben hatten und jetzt auf Entzug dorthin kamen. „Genesungsheim Kalksburg“ hatte diese Sonderanstalt bei der Eröffnung im Jahr 1961 geheißen, was doch eine sehr drollige Umschreibung für den Zweck dieser Klinik war. Die Säufer hatten sich das Hirn vom Hochprozentigen zersetzen lassen und wurden hier wieder mit Wasser aufgefüllt und waren dann – oh Wunder – genesen. Wie bei einer Dialyse wurde hier der Alkohol aus den Adern herausgespült und durch reines Hochquellwasser ersetzt.

Eine frische Brise kam auf und trug den Duft der blühenden Hecken zu mir. Ich näherte mich im schwankenden Licht der Straßenlaternen der Eingangstür jenes Hauses, das mir Dragana als die richtige Adresse genannt hatte. Sie bezog sich dabei auf ein sehr frühes Interview des Latifundienmoguls, worin er auf seine Jugend zu sprechen kam. Damals sei er mit seinem besten und einzigen Freund durch dick und dünn gegangen. Auch die eine oder andere Jugendsünde habe man dabei begangen. Doch mit den Jahren sei der Kontakt letztlich abgebrochen.

„Wenn er irgendwo abgetaucht ist, dann nur bei Josef Frantisek", hatte Dragana behauptet.

Angeblich waren die beiden als Jugendliche beim Dealen am Schulhof erwischt worden und Frantiseks Vater, ein leitender Beamter beim Magistrat, hatte das dann irgendwie ins Reine bringen müssen. Ich dachte mir, dass einem ein Talent für das Handeln und Geschäftemachen in die Wiege gelegt sein musste. Renko hatte diese Gabe offenbar von klein auf gespürt und sich schon damals nicht von Gesetzen oder Konventionen leiten lassen. Nur so kommt man weiter, dachte ich mir, bevor Dragana erzählte, dass sich die Sache aber schnell glattbügeln ließ, weil die beiden Kumpane nur getrocknete Kräuter angeboten hatten. Sie habe die Geschichte einmal von einem Polizisten erfahren. Der meinte aber, dass die beiden durchaus noch andere Sachen am Kerbholz hätten, jedoch nichts, das sich beweisen lasse.

„Wenn du irgendwo untertauchen musst, dann tust du das nicht bei jemandem, dem du vertraust, nein, das tust du bei jemandem, den du in der Hand hast. Macht zumindest mein Mann immer so", hatte Dragana dann die Unterhaltung beendet.

Ich fragte mich, ob sie etwas mit diesem Polizisten hatte, und gestand mir ein, in diesem Moment so etwas wie Eifersucht zu verspüren.

Vor einem Gartentor aus grau lackierten Metallstreben und mit einem hässlichen Türknauf, wie man sie selbst vor dreißig Jahren nur mehr an ganz wenige Menschen verkaufen konnte, kam ich zu stehen. Frantisek stand neben der Glocke und ich betätigte diese trotz der vorgerückten Stunde. Durch einen der Gitterstäbe konnte ich sehen, wie sich etwas im Haus bewegte. Ein besonders schlauer Zeitgenosse schob einen Vorhang etwas zur Seite und blickte zum Gartentor. Ich drückte nochmals den Knopf. Diesmal so lange, dass ich das Summen bis zu mir auf die Straße hören konnte. Kein Wunder, hier war es so ruhig, dass ein Mäusefurz als nächtliche Ruhestörung zur Anzeige gebracht worden wäre. Der Vorhang fiel in seine Ausgangsposition zurück.

„Gehen Sie weg, sonst hole ich die Polizei!", tönte eine blecherne Stimme aus dem Lautsprecher.

„Machen Sie das, die freut sich sicher, Herrn Renko endlich verhören zu können."

Ein Summen ertönte und ich konnte die Tür aufdrücken. Ich ging über einen mit Steinplatten ausgelegten Weg auf drei Stufen zu, die in das Haus führten. Die Eingangstür, in deren Blatt einige bunte Milchglasscheiben eingelassen waren, wurde von einem Mann um die vierzig geöffnet. Er trug ein altes, ausgewaschenes T-Shirt und Boxershorts. An den Füßen Sandalen. Er fuchtelte mit der Rechten durch die Luft und zischte in meine Richtung: „Schnell, machen Sie schon, nicht dass Sie jemand sieht."

Ich liebe diese Wiener Außenbezirke. Jeder behält den anderen im Auge. Untertags lächeln sich die Nachbarn freundlich zu und am Abend zerreißen sie sich das Maul über den andern. Rundumüberwachung. Nicht einmal der Innenminister in einem Polizeistaat würde so etwas derart lückenlos und flächendeckend hinbekommen. Frantisek zog mich ins Haus und drückte eilig die Tür zu. Er musterte mich. Ich war unrasiert, mein hellblaues Jackett sicher zerdrückt und mein Hemd hatte am Hals seit dem Mittagessen einen Fleck. Aber es ging hier nicht um mich.

„Was wollen Sie?", fragte Frantisek.

„Er will zu mir."

Renko tauchte in der Tür hinter dem Hausherrn auf. Wir sahen uns einen Moment schweigend an und ich nehme an, Renko ist es ähnlich gegangen wie mir. Als ob man ein verzerrtes Spiegelbild in einem dieser Kabinette im Prater betrachten würde. Man ist es und dann doch wieder nicht. Der Anflug eines Lächelns zeichnete sich auf Renkos Lippen ab. Und auch ich verzog meine Mundwinkel. Was hätte ich für Vorteile aus diesem Look-Alike ziehen können? Mein Bankberater, der mit mir Geduld aufbrachte wie mit einem unehelichen Sohn, hätte als Zeuge dieses Aufeinandertreffens sicher gern meinen Kontorahmen aufgestockt. Einem wie Sigurd Renko warf man das Geld nach und zur Not auch einem, der wenigstens so aussah wie Renko.

„Kommen Sie doch rein", sagte der Finanzprofi und Frantisek machte einen Schritt zur Seite und damit den Weg ins Wohnzimmer frei.

Wir saßen auf einer Lederlandschaft und jeder von uns hatte ein Glas Whisky vor sich am Glastisch stehen. Im Wohnzimmer, das von der Einrichtung moderner wirkte als die Siebzigerjahre-Villa von außen, waren halb leere Flaschen und Pizzakartons verteilt.

„Meine Frau ist für ein paar Tage verreist und die Haushälterin hat sich den Fuß verstaucht", erklärte Frantisek, doch ich spürte, dass dies nur die halbe Wahrheit war.

„Wie haben Sie mich gefunden?", fragte Renko, der trotz dieser Tatsache einigermaßen ruhig wirkte. Offenbar vertraute er jemandem, der ihn an sich erinnerte.

Diesen Fehler würde ich nie machen, denn ich war wohl am wenigsten die Person, der man vertrauen durfte. Ich sagte: „Waren Sie gestern bei der Charity in der Diskothek im Volksgarten?"

„Ich hatte zwar eine Einladung, war aber nicht dort."

„Wo waren Sie?"

„Warum sollte ich Ihnen das sagen?"

„Weil ich womöglich Ihr Alibi bin. Denn ich habe die Nacht mit Maria Schneider verbracht. Aber ich habe sie nicht umgebracht."

In dem Moment ärgerte ich mich über mich selbst. Woher konnte ich denn wissen, dass in der Zeit, als ich weggetreten war, nicht genau Renko im Hotel aufgetaucht war und sein makabres Spiel mit Schneewittchen getrieben hatte? Doch auch

Renko hatte ein Alibi. Aber es war eines, das ihm, wäre es publik geworden, ebenso seine Pläne zunichtegemacht hätte, wie es nun der vermeintliche Mord an Maria Schneider war.

„Verstehen Sie", sagte er, „diese Hochzeit ist für mich wichtig, denn mit meinen Immobilen und dem Geld der Vangurtens, den Hotels, den Beziehungen und vor allem mit dem Namen werden Sylvie und ich nicht zu halten sein." Er sprach von dieser Hochzeit wie von einer Firmenfusion, und das war es ja auch. Liebe war hier zweitranging, wichtiger war die Zuneigung der Bankkonten. „Was jedoch keiner von uns braucht, ist ein Skandal. Und jetzt hat genau meine Schwiegermutter in spe für diesen Skandal gesorgt."

„Und Sie meinen, wenn Sie sagen, warum Sie gestern abgetaucht sind, würde das auch so etwas bewirken?"

„Ganz sicher. Das darf niemand wissen. Nicht bis zur Hochzeit und danach werden alle weiter schweigen."

Ich trank aus und verabschiedete mich mit dem Versprechen, dichtzuhalten. Renko hatte mir einen ansehnlichen Betrag in Aussicht gestellt, würde ich den wahren Täter überführen und ihn damit aus der Schusslinie bringen. Als ich ihn nach einem Vorschuss fragte, erklärte er mir, dass er derzeit leider nicht an sein Geld könne, ohne die Polizei auf seine Fährte zu locken. Wir verabschiedeten uns und ich fragte mich, was es wohl war, das Frantisek derart an ihn ausgeliefert hatte. Während des gesamten Gesprächs hatte er gewirkt, als säße er neben einem Entführer vom IS.

Ich war müde und die Option, mich der Polizei zu stellen, gewann an Reiz. Ich hatte zwar einiges erfahren, aber leider nichts, was mich in der Sache Schneider weiterbrachte. Ich würde also morgen mein Glück bei der Agentur versuchen müssen.

7.

Der Schlaf in dieser Nacht war durchlöchert von wirren Träumen und wiederholten Wachpausen. Jedes Geräusch von der Straße ließ mich hochfahren, weil ich damit rechnete, in die gesichtslosen Masken einer Polizeisondereinheit zu blicken. Erst bei Einsetzen der Dämmerung kam ich etwas zur Ruhe.

Bevor ich mich zu dieser Lockvogelagentur aufmachte, hatte ich einen Weg zu erledigen, der mir ebenso viel Freude bereitete wie die Aussicht auf eine Wurzelbehandlung bei meinem Zahnarzt. Ich bog vom Gürtel kommend bei der Stadthalle in die Hütteldorfer Straße ein. Der Park vor dem Veranstaltungsgebäude war in meiner Jugend voll von Betrunkenen und Obdachlosen, die wir damals wenig respektvoll als Sandler bezeichneten. Heute war die armselige Grünanlage von Drogendealern und Jugendbanden bevölkert. Locker sitzende Messer und ethnische Auseinandersetzungen waren ein Dauerticket für die Polizisten des nahen Wachzimmers. Wenig später hatte ich den Wagen geparkt.

Ich brüllte, als müsste sich meine Stimme gegen einen Presslufthammer durchsetzen: „Hallo, Papa, ich bin es, dein Sohn Cosinus! Die Mama ist für ein paar Tage weggefahren und ich soll dich von ihr auch grüßen lassen. Wenn sie wieder da ist, wird sie dir sicher ein paar Fotos zeigen!"

Ich hatte den alten Mann in seinem Rollstuhl auf den Balkon seines Zimmers geschoben. Ein paar Sonnenstrahlen fielen auf seine linke Wange und ließen die silbergrauen Bartstoppeln auf dieser Gesichtshälfte aufleuchten wie matt gewordenes Perlmutt. Die Wangen folgten schlaff der Schwerkraft und die Augen oberhalb der gefüllten Tränensäcke starrten auf einen unbestimmten Punkt im Universum. Es war, als spräche man zu einem Stück Holz. Dabei war ich mir sicher, dass er in seinem Hirn eine mathematische Formel nach der anderen abspulte. Wahrscheinlich liefen die Zahlenreihen vor seinen Augen ab. Er war ein Computer, bei dem die Tastatur und die Maus verloren gegangen waren und der in einer endlosen Dauerschleife darauf wartete, dass jemand den Strom abschaltete.

Ich liebte meinen Vater nicht besonders. Und das nicht erst seit er mich eines Tages vor die Tür gesetzt hatte. Ich war damals in der zweiten Klasse Gymnasium und hatte nur ein „Gut" nach Hause gebracht. Und das auf eine Mathematikschularbeit. Er hatte sich die Arbeit angesehen, bei den zwei kleinen Fehlern, die ich gemacht hatte, nur den Kopf geschüttelt und mich dann der Schwelle verwiesen. „Wer keine Leistung bringt, hat unter meinem Dach nichts zu suchen", hatte er gesagt und mich auf den Gang gestellt. Ich war zu perplex und wartete dort mit Tränen in den Augen, bis sich eine Nachbarin meiner erbarmte und meine Mutter anrief.

„Du bringst auch keine Leistung mehr und dennoch füttern wir dich durch", sagte ich mit süßlicher Stimme. Zum Glück haben meine Eltern beide als beamtete Lehrer eine ansehnliche Pension, die uns die Kosten dieses Pflegeheims ermöglicht.

Ich sagte den Cosinus-Satz auf. Und dann noch ein paar Brocken auf Altgriechisch. Zum ersten Mal bei diesem Zusammentreffen hob mein Vater den Kopf in meine Richtung und seine Augen leuchteten mich an. Offenbar hatte ich damit die sein Hirn überziehende Patina wie mit einem Kärcher weggespritzt. Ich hasste Altgriechisch. Mein Vater hatte es uns oft geprüft. Es war für ihn die Sprache der Logik, der Mathematik und der Philosophie. Die Wiege des modernen Menschen. Ich fragte mich oft, warum sich mein Vater für das interessierte, was die Menschen im alten Griechenland dachten, aber keinerlei Interesse dafür zeigte, wie wir uns fühlten. Wahrscheinlich war dieses Versagen meines Vaters uns gegenüber auch der Grund dafür, weshalb ich Beziehungen kaum länger als ein paar Monate führte. In dieser kurzen Zeit kommt keine Diskussion über Nachwuchs auf, und wenn doch, dann wusste ich: Jetzt wird es Zeit, zu gehen. Ich wollte meinen Kindern ein ähnliches Schicksal wie mir ersparen, daher habe ich keine in die Welt gesetzt.

Ich führte meinen Vater zurück in sein Zimmer. Der Besuch war beendet. Ich bemerkte, wie sich langsam ein Speichelfaden aus seinem rechten Mundwinkel abseilte. Das Spucktuch lag auf seinem Schoß, doch ich schaffte es nicht, den Sabber wegzuwischen. Stattdessen klingelte ich nach der Schwester und verließ das Zimmer. Wir hätten uns auch nichts zu sagen gehabt, wenn Vater nicht so tot wie ein ausgespuckter Marillenkern gewesen wäre.

Als ich zu meinem Auto kam, fühlte ich mich schlecht und ich fragte mich, ob ich so etwas wie Mitleid für meinen Erzeuger spürte oder ob es doch mehr die Angst war, einmal selbst so zu enden.

Da die Polizei bislang offenbar noch immer nicht die Angel nach mir ausgeworfen hatte, um mich an den Haken zu bekommen, nutzte ich die Zeit, selbst weiter Licht ins Dunkel zu bringen. Ich musste unbedingt mit jemandem meines Vertrauens reden. Und da gab es eigentlich nur eine Person: meine Buchhändlerin.

Lisa Krappel hatte vor einigen Jahren ihren Laden an der Ecke zur Margaretenstraße aufgemacht. Betrat man das kleine Geschäft, duftete es nach Papier und Druckerschwärze der frisch gelieferten Werke und auch nach Kaffee, den die Inhaberin meist in einer kleinen Mokkamaschine zubereitete.

Ich verharrte einen Augenblick vor dem Eingang und betrachtete die in den Schaufenstern ausgestellten Titel, meist ein guter Mix aus anspruchsvoller Literatur und unterhaltsamer Belletristik, wobei Lisa ihr Augenmerk dem Krimi widmete. Ein Glöckchen klingelte, als ich die Tür öffnete und das Geschäft betrat. Lisa saß hinter dem Verkaufstisch und hatte ihr Tablet am Schoß und eine Tasse Kaffee vor sich stehen. Sie hob den Kopf, und als sie mich erblickte, deutete sie mir, ich möge schneller eintreten. Sie erhob sich und kam auf mich zu. Sie sagte, während sie auf ihr Tablet mit den Headlines aus orf.at zeigte: „Ich hab dich sofort erkannt. Was ist denn das für eine Scheiße?“

Ich mochte Lisa schon deswegen so gern, weil sie auf eine einfühlsame Art die Dinge auf den Punkt bringen konnte. Sie betrachtete mich durch ihre runden Brillen und ich sagte: „Ich muss mit jemandem reden.“

Sie nickte halb und deutete auf den Stuhl neben der Kassa. Ich setzte mich und sie schenkte Kaffee ein. Ich betrachtete ihr halblanges Haar, das so dünn wie ihr Körper war. Lisa war als Frau absolut nicht mein Typ und das schien die Basis für unsere Freundschaft zu sein. Ich behandelte sie mit Distanz und Respekt und machte keine Anstalten sie flachlegen zu wollen, selbst wenn ich das in meiner Fantasie schon mal durchspielt hatte. Allerdings mit wenig Freude an diesem Gedanken, weshalb ich es in der Realität bleiben ließ.

„Also, ich höre“, forderte sie mich auf und ich hatte nach den ersten Schilderungen sofort das Gefühl, dass meine Geschichte bei ihr gut aufgehoben war.

Ich hatte Lisa einmal vor Gericht vertreten und ich glaube, sie ist so ziemlich die einzige Klientin, die ich nicht über den Tisch gezogen habe. Ich zollte ihr Respekt, weil sie eine so kluge Frau war. Sie hatte mich nämlich einmal bestens beraten. Bezüglich Margarita, einem Mädchen, das ich damals mehrmals gedatet hatte und in dessen Gesellschaft ich mich wohl fühlte. Auch wenn sie bei unseren Treffen eindeutige Signale aussandte, hielt sie mich auf Distanz. Die sexuelle Vertiefung unserer Beziehung ließ auf sich warten.

„Du musst sie mit einem Buch knacken. Die richtige Lektüre ist der Schlüssel zu Herz und Schoß einer Frau“, hatte sie auf ihre distinguierte Art gesagt. Nachdem ich ihr einige von Margaritas Wesenszügen verraten hatte, sagte Lisa: „Murakami! Schenk ihr Kafka am Strand, das wird dich weiterbringen.“

Was soll ich sagen? Sie hatte das Buch noch nicht mal zur Hälfte gelesen gehabt, da landeten wir tatsächlich in der Kiste. Auch wenn unsere Beziehung keine zwei Monate dauerte, war ich Lisa dankbar für ihre Hilfe und ihren Rat und daraus entwickelte sich freundschaftliche Nähe. Sie konnte sich perfekt in andere Menschen hereinversetzen. Die will einen Frantzen lesen, sagte sie mir einmal und hatte recht. Hier braucht es einen Willemsen. Probier es mit Mulisch. Sagte es und hatte recht. Sie war mein Fräulein Wunder.

Jetzt stellte sie ihre Tasse ab und schloss die Augen, nachdem ich ihr meine Erlebnisse des Vorabends und das, was im Hotel passiert war, geschildert hatte.

„Das war eine Falle“, sagte sie. „Perfekt eingefädelt und du bist hineingetappt. Du hast Glück, dass die Polizei im Moment eine andere Spur verfolgt. Aber viel Zeit wirst du nicht haben.“

Lisa hatte recht, meine Zeit war knapp.

„Welcher deiner Klienten oder ehemaligen Klienten könnte sich an dir rächen wollen?“

Ich musste nicht lange nachdenken.

„Alle“, sagte ich.

„Dann liegt ein schönes Stück Arbeit vor dir. Fang am besten mit den weiblichen Klientinnen an.“

Ich hob meine Augenbraue. „Warum die Frauen?“

„Cherchez la femme.“

Die Agentur „Treu & Glauben“ befand sich in der Innenstadt in einem repräsentativen Gebäude aus dem Ende des 19. Jahrhunderts. Hohe Eingangshalle mit Säulen, roter Teppich auf den Marmorstufen und der Geruch einer sauberen und tadellosen Welt, eingefangen in diesem Panzer aus neoklassizistischen Steinen. Ein wenig später sollte ich auch wissen, wie man sich einen derart gediegenen Firmensitz leisten konnte. Die Aufzugskabine war aus hellem Holz mit dezenter Maserung, als hätte man die Bäume nach den Plänen des Inneneinrichters gezüchtet.

Schmiedeeiserne Gitter fassten die Kabine ein und ich öffnete das Scherengitter, um einzusteigen. Im Haus waren noch eine Werbeagentur, ein Steuerberater und eine Anwaltskanzlei untergebracht, wie man an den Schildern neben den Stockwerksknöpfen erkennen konnte. Für einen Moment träumte ich davon, in so einem Haus zu arbeiten. Doch dazu hätte ich schon viel früher die Weichen stellen müssen. Ich war eigentlich ganz zufrieden, auch wenn sich der Reichtum bei mir nie einstellen würde, trotz all der kleinen Dinge, die ich so drehte.

Ich erreichte das oberste Stockwerk und betätigte den Türsummer an der Eichentür, auf der ein poliertes Messingschild prangte. Am Empfang saß eine Dame mittleren Alters. Kostüm, Pagenkopf, schwarze Haare, schwarze Hornbrille. Ich wusste nicht, woher, aber sie kam mir bekannt vor.

„Ich möchte zu Herrn Treu", sagte ich, nachdem ich vorhin im Auto auf dem Smartphone noch die Seite der Agentur nach dem Impressum durchsucht hatte.

„Haben Sie einen Termin?", fragte die Angestellte, deren Kajal etwas verwischt war und einen dunklen Rand unter ihren Augen bildete.

„Es geht um Maria Schneider."

Die Angestellte nickte und mir entging nicht, dass ihre Augen sich mit Wasser füllten.

„Eine schreckliche Geschichte. Warten Sie bitte kurz hier." Sie deutete auf eine Ecke, in der einige Lederfauteuils auf geduldige Besucher warteten.

„Ich habe nicht viel Zeit", sagte ich und sie rief bei ihrem Chef an.

Es dauerte keine Minute, bis ein Teil der doppelflügeligen Tür hinter dem Empfang aufging. Ein Mann Ende dreißig in einem grauen Anzug aus dünner Schurwolle mit hellrosa Hemd und farblich abgestimmtem Stecktuch kam auf mich zu und reichte mir die Hand. Er sagte: „Wir haben es aus den Nachrichten erfahren. Was für eine furchtbare Sache, aber kommen Sie herein."

Er führte mich in sein Büro und wies mir einen Stuhl vor seinem Schreibtisch zu, der eine Glasplatte so groß wie eine Rittertafel hatte. Darauf ein schwarzer Organizer und neben dem Telefon nur ein MacBook. Er sagte: „Ihre Kollegen waren schon da, was wollen Sie noch wissen."

Offenbar hielt er mich für einen Polizisten und ich klärte diesen Irrtum für den Moment nicht auf.

Ich sagte: „Erzählen Sie mir über die Aufgaben Ihrer Agentur."

Er lehnte sich zurück und lächelte.

„Kann ich Ihnen vielleicht einen Kaffee anbieten", fragte er, bevor er zu erzählen begann. „Wie schon unser Name sagt, geht es uns darum, die Zuverlässigkeit von Personen, die uns unser Auftraggeber nennt, zu testen. Da geht es nicht nur um den klassischen Seitensprung oder die Bereitschaft dazu, viele unserer Klienten kommen aus der Wirtschaft und wollen wissen, wen sie zu sich ins Unternehmen holen. Da geht es darum, ob jemand ausreichend verschwiegen ist, ob jemand zu seinem Unternehmen steht oder ob er sich auch andere Optionen offenhält."

Mir wurde langsam klar, warum Vangurten die Agentur auf Renko angesetzt haben könnte.

„Können Sie mir sagen, wer Ihre Auftraggeber sind und auf wen Sie Maria Schneider zuletzt angesetzt hatten?"

Treus Miene verfinsterte sich. Die Werbung in eigener Sache schien vorbei.

Er sagte: „Es tut mir sehr leid, aber wir sind unseren Kunden zur absoluten Verschwiegenheit verpflichtet."

„Es geht hier um Mord."

„Ich weiß. Marias Computer hier wurde bereits von Ihnen konfisziert. Übrigens, dürfte ich Ihren Ausweis sehen?"

Er hatte mich. Ich zückte meinen Anwaltsausweis und er betrachtete ihn eine Zeit lang ungläubig, bevor er fragte: „Sie sind Anwalt?"

„Ja", bestätigte ich und hatte schon die passende Hintertür gefunden. Ich sagte: „Ich bin der Opferanwalt der Angehörigen. Sie wissen, bei so einem Tötungsdelikt gilt es, die Rechte der Hinterbliebenen zu wahren."

„Maria hatte keine Kinder und soviel ich weiß …", er setzte eine Miene auf, die sagte: und ich muss es ja wissen, „war sie nicht verheiratet."

„Sie hatte ja wohl Eltern", entgegnete ich in der Hoffnung, dass Maria nicht auch noch Vollwaise war.

„Ich verstehe", sagte Treu. „Klären Sie das bitte mit der Polizei."

„Könnte ich wenigstens ein paar Worte mit Marias Kollegen wechseln? Das wäre sehr hilfreich."

„Ich muss Sie bitten zu gehen", sagte Treu und nestelte an seinem Stecktuch herum. Er erhob sich und ich hatte verstanden, dass es hier im Moment nichts auszurichten gab.

Ich verließ die Agentur und fragte mich, was die Polizei wohl auf Schneewittchens Computer finden würde. Aber die Sache mit der Notlüge hatte auch etwas Gutes gehabt, denn jetzt war mir klar, dass ich mit Maria Schneiders Eltern reden musste, sofern diese ausfindig zu machen waren.

Ich kam in meine schäbige Kanzlei und stellte fest, dass dieses Büro besser zu mir passte als so eine Hochglanzbude. Das waren doch alles Blender! Bei mir wussten die Leute wenigstens, woran sie waren. Dragana machte ein Gesicht, als hätte sie soeben die Wahrheit über ihre Gehaltsschecks herausgefunden. Sie deutete in die Ecke und ich sah den roten Kopf eines Klienten. Sobald er mich sah, begann er lautstark sein Geld einzufordern. Ich erhob meinerseits die Stimme, aber nicht um ihm Paroli zu bieten, sondern um Dragana zur Sau zu machen.

„Wie konnten Sie so nachlässig sein! Ich habe Ihnen doch schon mindestens zweimal den Auftrag gegeben, endlich das Geld an Herrn Grimmig zu überweisen!"

Dragana kannte das Spiel und diese Ausrede aus eigener Erfahrung. Gekonnt zog sie Röte auf und sagte kleinlaut, dass ihr dieses Versehen unendlich leidtue.

„Sehen Sie?“, sagte ich zu dem Mann, der sich anschickte zu gehen.

Er sagte: „Das ist Ihre letzte Chance. Wenn ich das Geld morgen nicht habe, zeige ich Sie bei der Kammer an. Ich habe mich da bereits erkundigt. Und übrigens heiße ich Krimmich, aber das ist jetzt egal. Sie werde ich sicher nie wieder engagieren.“

„Das ist auch besser so“, murmelte ich und warf die Tür hinter ihm ins Schloss. Gegen eine Provision sollte ich solche Klienten besser an die geschniegelten Kollegen vermitteln.

Ich trat an Dragana heran und legte ihr meine Hand anerkennend auf die Schulter. Dann sagte ich: „Ich brauche noch was von dir.“

Sie blickte mich fragend an.

„Finde heraus, ob Maria Scheiders Eltern noch leben, und besorge mir die Adresse.“

„Auch wenn sie tot sind?“

„Ich lache später darüber. Und dann musst du zu dieser Agentur Treu & Glauben. Du musst denen zum Schein einen Auftrag erteilen und dabei den Lockvogel über Maria Schneider aushorchen. Also zuerst die Eltern und dann die Agentur“, sagte ich. Ich wusste Dragana brauchte eine Zusammenfassung ihrer Aufträge, damit sie nicht durcheinanderkam.

„Was soll ich denen für einen Auftrag erteilen? Ich muss doch irgendeine Person nennen?“

„Lass halt deinen Mann testen. Das wird sicher lustig.“

Eine Stunde später wusste ich, dass Schneewittchens Eltern lebten und hatte ihre Adresse. Eine weitere Stunde später wusste ich auch, wie sich die Agentur solch ein exquisites Büro leisten konnte.

„Die wollen 5000 Euro. Netto und ohne Spesen“, berichtete Dragana aufgebracht. Für dieses Problem fiel mir nur eine Lösung ein. Außerdem benötigte ich noch das Geld für Krimmich. Probleme mit der Kammer waren im Moment das Letzte, was ich in meiner Lage brauchen konnte.

Ich sagte: „Ich muss deinen Mann treffen."

„Lass dich besser nicht mit Ratko ein."

„Das wird schon schiefgehen", sagte ich und überspielte meine Befürchtung, dass es tatsächlich schiefgehen könnte, mit einem Lächeln, das ich sonst nur beim Pokern aufsetzte, wenn mein Blatt der letzte Mist war.

„Wenn du beim Kartenspielen auch so einen Blick machst, wundert mich nicht, dass du verlierst", sagte Dragana

8.

Ich traf Ratko in einem verrauchten Café direkt an der Triester Straße. Der Verkehr wälzte sich in mehreren Spuren vorbei und die Abgase waren noch der angenehmste Geruch in dieser Gegend. Der Mief von billigem Alkohol und Schweiß hing in der Luft.

„Du kennst meine Bedingungen?“

Wir ließen die Gläser aneinanderkrachen und schütteten das klare Destillat unsere Kehlen hinunter. Die Schärfe im Hals ließ mich ächzen. Ich keuchte, dann nickte ich mit dem Kopf.

Ratko war ein Halsabschneider. Neben den vielen kleinen Gaunereien, die er trieb und bei denen ich ihn manchmal unterstützte, war er auch ein Kredithai. Aber die, die zu ihm kamen, hatten keine andere Chance. Wenn sie den Zahltag versäumten, auch nicht. Er reichte mir einen schwarzen Aktenkoffer und ich tat einen Blick hinein. Nachzählen wäre ein Vertrauensbruch gewesen, also ließ ich es bleiben. Ich wusste auch so, dass es genau zehntausend Euro waren. Abzüglich der Zinsen für die erste Woche.

Ratko war um einiges älter als Dragana und die war nicht mehr die Jüngste. Er hatte eine gedrungene Statur wie ein Boxer und die Ansätze eines Bauches konnte er auch hinter dem dicken Armani-Gürtel nicht mehr verstecken. Er grinste mich aus seinem zerfurchten Gesicht an und ich fragte mich bei seinen stahlblauen Augen, ob er nicht ein Überbleibsel der Wehrmacht am Balkan sein konnte. Ein verwehter Samen aus dem Zweiten Weltkrieg, der sich von einem Vorfahren auf ihn übertragen hatte. Er klopfte mir auf die Schulter, ehe er das Lokal verließ, um auf der anderen Straßenseite ein paar Männer vom Arbeitsstrich für eine seiner Baustellen anzuheuern. Es gab immer etwas zu bauen.

Ich packte den Koffer und suchte die nächste Bank, wo ich das Geld auf mein Konto einzahlte. Dann rief ich Dragana an und gab ihr den Auftrag, Krimmich sein Geld zu überweisen und sich für den nächsten Tag einen Termin bei Treu & Glauben geben zu lassen. Die Sache nahm an Fahrt auf.

Am Abend fuhr ich am Heimweg in der Taubstummengasse vorbei. Die Eltern von Maria Scheider lebten in einer kleinbürgerlichen Wohnung. Im Wohnzimmer gab es in der Mitte einen Esstisch, umgeben von sechs dunklen Sesseln mit geschwungener Lehne, und ein Ungetüm von Philodendron auf einem Beistelltisch. Bücher in den Schränken kündeten davon, dass der Fernseher hier nicht rund um die Uhr lief, und ein Flügel im Eck nährte die Vermutung, dass Musik nicht nur aus der Dose kam; zumindest ließ sich das aufgrund der aufgeschlagenen Partitur am Notenpult ermessen.

Marias Mutter war klein und hatte die grauen Haare schulterlang geschnitten. Dieser Pagenkopf umkränzte ein ebenmäßiges Gesicht mit wenigen Falten. Sie war für ihr Alter entsprechend apart und dürfte ihre ehemalige Schönheit an ihre Tochter weitergegeben haben. Sie trug einen grauen Rock, blaue Strümpfe und einen hellbeigen Pullover, der den Hals umschloss, um den sie eine Perlenkette gelegt hatte.

Der Vater war schlank und groß gewachsen. Er trug Hemd und Cordhosen, auch er hatte graue Haare, aber eine viel zu große Nase, die Maria zum Glück erspart geblieben war. Magda und Kurt Schneider mussten beide weit über siebzig sein und ich vermutete, dass sich ihr Kinderwunsch mit Maria erst spät erfüllt hatte.

Magda Schneider und ich hatten uns auf zwei Fauteuils an einem kleinen Spieltisch gesetzt. Die Schachfiguren waren staubig und waren offenbar schon länger nicht mehr bewegt worden. Kurt Schneider hatte hinter seiner Frau Aufstellung genommen und stand da wie der Leibwächter einer Adeligen. Beide waren meinen Blicken bislang ausgewichen, daher konnte ich schwer hinter die Fassade blicken, die sie vor mir aufgebaut hatten.

Nach dem Vorstellungsritual war ich schnell zu meinem Anliegen gekommen.

Ich sagte: „Ich weiß, in welch schwieriger Lage Sie sich jetzt befinden, aber in so einem Fall zählt jeder Tag, ja, es kann sogar auf Stunden ankommen. Als Opferanwalt, kann ich Ihre Interessen wahrnehmen und für Sie die nötigen Schritte in die Wege leiten."

„Die da wären?", fragte Kurt Schneider.

„Nun, es kommen bestimmte Kosten auf Sie zu und dann gibt es noch das sogenannte Trauerschmerzensgeld. Wenn die Polizei den Täter fasst, können Sie sich im Strafverfahren als Privatbeteiligte anschließen und diese Positionen geltend machen."

„Wollen Sie damit andeuten, wir sollen aus dem Tod unserer Tochter Profit schlagen?" Kurt Schneider beugte sich zu seiner Frau hinab, die nach wie vor auf die Tischplatte starrte.

„Es geht hier nicht um Profit, es geht um angemessenen Ersatz. Etwa für die Kosten der Beerdigung."

„Wer tut so etwas?" Jetzt hatte Magda Schneider zum ersten Mal das Wort ergriffen, doch es machte auf mich den Eindruck, dass sie nur laut gedacht hatte.

„Auch dabei kann ich helfen, eine Antwort zu finden", sagte ich etwas großspurig. „Immerhin war der Beruf Ihrer Tochter durchaus, wie soll ich sagen, gefahrengeneigt. Es könnte sich jemand gerächt haben, ja, das vermute ich sogar."

„Gerächt? Wofür? Einen falschen Teppich oder das falsche Muster auf der Tapete?"

Jetzt machte ich einen verständnislosen Gesichtsausdruck. Ich fragte: „Wie kommen Sie denn darauf? Was hat das mit dem Mord zu tun."

„Das frage ich Sie, unsere Tochter war Innendesignerin und Styleberaterin", klärte mich Kurt Schneider auf.

Dann war es an mir, ihn aufzuklären. Ich erzählte, was man aus den Medien wusste, und ließ auch ein paar meiner eigenen Erfahrungen mit Maria Scheider durchblitzen, immer bedacht darauf, dass man mir daraus keinen Strick drehen konnte.

Kaum hatte ich ihre Tätigkeit als Lockvogel beschrieben, sagte Kurt Schneider: „Wir sehen kaum fern, aber ich denke, es ist alles gesagt. Gehen Sie bitte."

Ein Satz, den ich bereits gehört hatte. Doch ich ließ nicht locker. Ich betonte nochmals die zu erwartenden Kosten, die das Begräbnis verursachen würde, doch Schneider ließ mich nicht ausreden.

Er sagte: „Ich glaube nicht, dass wir die Beerdigung ausrichten werden. Das müssen Sie mit Frau Bonacci erörtern."

„Verzeihen Sie, aber wer ist Frau Bonacci?"

„Clara Bonacci ist die Lebensgefährtin unserer Tochter." „Gewesen", fügte Magda Schneider hinzu.

„Und wo finde ich Frau Bonacci?"

„Wahrscheinlich im Internet. Sie kennen sich sicher mit Google aus."

Kurt Schneider war von seiner Frau weggetreten und stand in der eindeutigen Pose, mich aus der Wohnung zu komplimentieren, vor mir.

Ich erhob mich, da tat es mir Magda Schneider gleich. Sie sagte: „Ich bringe Sie zu Tür."

Kurt Schneider nickte und drehte sich von mir weg. Er stand jetzt vor dem Fenster, den Rücken mir zugewandt, und ich konnte erkennen, wie sein Oberkörper leicht zitterte. Ich merkte, wie auch mir die Knie zu zittern begannen, und ließ mich wieder auf den Sessel plumpsen, wo ich für einen Moment die Augen schließen musste.

„Was haben Sie? Soll ich Ihnen ein Glas Wasser bringen?" Zum ersten Mal sah mir Magda Schneider in die Augen. Die Falten auf ihrer Stirn verrieten eine gewisse Sorge um mich.

„Nein, danke, warum fragen Sie?"

„Sie waren kurz weggetreten."

„Danke, es geht schon", sagte ich.

Als ich ins Vorzimmer ging, waren meine Beine weich wie Gummi, ich musste bewusst einen Schritt vor den anderen setzen, doch dann war ich wieder voll da. Offenbar setzte mir die Sache doch mehr zu, als ich dachte.

Als ich in der Tür war, hielt Magda Schneider mich am Ärmel zurück. Sie sagte: „Lassen Sie mich mit meinem Mann sprechen. Aber ich denke, ihr Vorschlag ist vernünftig."

Ich wusste, warum ich meine Karte am Tisch hatte liegen lassen.

Als ich zu Hause war, klingelte mein Telefon. Ich hatte mich auf dem Sofa ausgestreckt und betrachtete die vielen Muschis aus der Ferne. Eine der Collagen dieses versauten Künstlers hatte ich vor einer Woche tatsächlich aufgehängt, da mir die kahlen Wände auf die Nerven gingen. Außerdem befand sich an der Stelle ein hässlicher Fleck, den ich so verdecken konnte. Am anderen Ende der Leitung war Dragana. In mir blitzte die Hoffnung auf, dass sie vielleicht Lust auf Sex hatte und für eine schnelle Nummer vorbeikommen würde. Ich hatte schon länger mit niemandem geschlafen und etwas körperliche Nähe würde mir guttun. Doch sie hatte etwas Besseres zu bieten.

Sie sagte: „Ich hab die Adresse von Maria Schneider."

Ich notierte mir die Gasse in der Nähe des Stadtparks. Und ich wusste, was das bedeutete: Nachtschicht.

9.

Ich traf Luki und Eddie im Café Schlupfwinkel, das keine fünf Minuten zu Fuß von meiner Wohnung entfernt lag. Beide waren ehemalige Klienten von mir und beide einte auch eine ungewöhnliche Karriere als Verbrecher: Ludwig Hanfecker hätte das Zeug zum Einbrecherkönig von Wien, wenn er nicht zugleich ein Herzensbrecher wäre. In seiner kriminellen Arbeit war er höchst professionell. Er arbeitete sauber und hinterließ kaum Spuren. Dennoch saß er bereits mehrmals auf der Anklagebank, weil ihn irgendeine Ex-Freundin verpfiffen hatte. Ich verstand auch nicht, wieso er so gut bei den Frauen ankam. Mit seiner kleinen, gedrungenen Statur und den viel zu langen Koteletten um sein Gesicht wirkte er wie der Schlurf aus einem 1970er-Klamaukfilm und sicher nicht wie ein Verführer. Und dennoch schwirrte er gleich einer Biene von Blume zu Blume, um sie zu bestäuben. Und leider war die erstbestäubte Blume meist eifersüchtig auf die nächste Blume, und um sich zu rächen, gab sie am nächsten Wachzimmer zu Protokoll, was Luki ihr im Zuge des Bettgeflüsters über seine nächtlichen Ausflüge erzählt hatte. Zweimal konnte ich ihn rausboxen und zweimal musste er einsitzen. Die Chancen heute standen also 50:50.

Laurenz Keller war ein Magier der Cyberkriminalität. Zu seinem Spitznamen „Eddie“ war er gekommen, weil er früher bei der Arbeit immer Eddie Van Halen hörte. Dabei entsprach er optisch gar nicht dem Klischee des Computerfreaks. Wer bei so einem Typen einen langen und dünnen Haarzopf, Birkenstock-Sandalen und ein ausgewaschenes T-Shirt mit Pizzaresten darauf erwartete, wurde von Eddie gehörig enttäuscht. Sein gepflegtes Äußeres manifestierte sich nicht nur in der äußerst korrekten Kleidung – Anzug, Hemd und Lederschuhe –, er hatte auch stets manikürte Hände und sein Teint strahlte die Frische und Eleganz eines polierten Ferraris aus. Kein Wunder, dass er jetzt auf dem über die Jahre vom Publikum geplagten Stuhl herumrutschte, als würde er auf einem Ameisenhaufen sitzen.

Das Schluwi zeichnete sich nicht nur durch seine mitgenommene Inneneinrichtung, sondern vor allem durch seine Diskrektion und die gewährte Anonymität aus. Im Halbdunkel des hinteren Gastraums, der voll mit Plakaten der in den 1980ern erhofften Linkswende war, konnten es sich Liebespaare unter der Tischplatte besorgen oder man konnte ungestört vom Umsturz träumen oder eben einen Einbruch planen. Es wäre übertrieben, wenn ich behauptete, wir drei wären Freunde. Ich brauchte sie und sie brauchten mich. Aus unserer Geschäftsbeziehung war eine wechselseitige Abhängigkeit geworden. Ich wusste, was sie sonst noch auf dem Kerbholz hatten, und sie kannten ein paar meiner Ausflüge in die Halbwelt, bei denen sie mich in der Vergangenheit begleitet hatten. Und heute wieder. Das hatte sich schon beim Telefonat mit jedem von ihnen abgezeichnet, auch wenn wir am Telefon natürlich keine Details besprechen konnten. Es reichte schon, wenn ich Nachtschicht in den Hörer sagte. Da wussten beide, was damit gemeint war. Wir saßen im Schluwi, tranken unser Bier und besprachen den Plan.

Gut eine Stunde später waren wir in der Ungargasse angekommen. Die Wohnung von Maria Schneider lag in einem Eckhaus. Schräg gegenüber befand sich das italienische Kulturinstitut.

Luki hatte in seinem Fundus das Hemd eines Essenslieferanten gefunden. Er verschaffte sich in diesem Outfit Zutritt zu Haus und Wohnung und ließ uns dann über die Gegensprechanlage hinein. Eddie und ich hielten uns umschlungen, jeder hatte seinen Arm um die Schulter des anderen gelegt, als wir durch das Stiegenhaus gingen. Meiner Beobachtung nach wenden die meisten Leute ihren Blick ab, wenn sie einem vermeintlich schwulen Paar begegnen. Luki lotste uns durch die halb offene Wohnungstür, als würde er uns durch eine Sicherheitsschleuse bringen. Tatsächlich wirkten wir wenig später mit

Kopf- und Mundschutz sowie den weißen Latexhandschuhen, die er uns sofort anziehen ließ, als befänden wir uns in einem Labor. Auch er hatte mit diesen Maßnahmen gegen die unnötige Verbreitung seiner DNA vorgesorgt.

„Kann ich mich jetzt auf die Suche machen?“, fragte Eddie im Flüsterton. Ich nickte und wir betraten das Wohnzimmer, das von den Straßenlaternen draußen in ein verschwommenes Licht getaucht war. Obwohl wir sorgsam unsere Schritte setzten, knarrte der alte Parkettboden unter unserer Last wie ein durchgelegener Lattenrost von IKEA. Die Umrisse der Gegenstände verliefen ineinander und ich musste dem Impuls widerstehen, das Licht aufzudrehen.

Wir konnten von Glück sprechen, dass wir es bis hierher geschafft hatten. Nachdem ich die Website von Clara Bonaccis Bar im Internet gefunden und im dortigen Impressum eine Adresse gesehen hatte, an der sie laut Telefonbuch auch wohnte, vermutete ich, dass Maria Schneider diese Wohnung für sich allein hatte. Dennoch schickten wir Luki als Vorhut. Sollte jemand anwesend sein, dann wäre ein Essenszusteller noch am wenigsten verdächtig. Immerhin hatte ja auch schon ein österreichischer Ex-Bundeskanzler Pizza ausgeliefert.

„Ich mach' mich auch auf die Suche“, sagte Luki und ich schüttelte sofort den Kopf.

„Nein“, sagte ich, „dein Job hier ist erledigt. Jetzt ist Eddie am Zug.“

Luki verzog sein Gesicht und Eddie steckte den Kopf durch die Tür. Er sagte: „Ich nehme an, du willst den PC hacken?“

Ich nickte und hatte beiden zuvor erklärt, woran ich interessiert war. „Alles, was irgendwie mit Daten zu tun hat. Laptop, Tablet, USB-Stick, CDs.“

Ich hätte wahrscheinlich noch zig andere Dinge, auf denen man Daten speichern kann, aufzählen können, doch Eddie schüttelte bald den Kopf. Er sagte: „Fehlalarm. Wir sind umsonst eingebrochen. Nichts von alledem zu finden.“

„Unmöglich“, sagte ich und schüttelte meinerseits den Kopf. Die Polizei hatte zwar Marias Laptop aus dem Büro, doch ich war sicher, dass sie noch einen eigenen hatte.

Luki grinste schadenfroh. „Ich sagte doch, ich sehe mich um. Muss halt doch der Profi ran.“

Mit meinem ausgestreckten Arm als Einladung deutete ich in Richtung des Schlafzimmers. Luki knipste eine kleine Taschenlampe an und dann hörte man nur mehr ein leises Kratzen und sanftes Klopfen, als er zunächst die Kommode in Beschau nahm. Dann den Kasten. Er durchsuchte die Matratzen, Decken, Kopfpolster und Eddie lehnte neben mir am Türstock. Jetzt war er es, der hämisch grinste.

„Auch der Profi kommt wohl nicht weiter, wenn nichts da ist.“ Er klopfte eine Zigarette gegen seinen Handrücken und hatte im nächsten Moment ein Feuerzeug in der anderen Hand.

Ich hob meine Hand. „Hier kannst du doch nicht rauchen“, sagte ich und er steckte unter unverständlichen Zischlauten verärgert die Zigarette in die Packung zurück, als es an der Wohnungstür läutete. Offenbar hatten wir unseren Aufenthalt doch nicht vor den Nachbarn verbergen können. Wahrscheinlich hatte die Nachricht über Schneewittchens Tod bereits die Runde gemacht und jetzt war man über die Lebenszeichen der Toten einigermaßen verwundert. Es läutete noch einmal.

Jetzt gesellte sich Luki zu uns. „Vielleicht sollten wir nachsehen gehen? Wenn es die Polizei ist und die die Tür aufbricht, wird das teuer“, sagte er flüsternd.

Ich nickte und schlich zur Tür. Ich hielt mein Auge an den Spion und sah einen dunkelhäutigen Mann mit roter Schirmkappe am Kopf davor warten.

„Ja?“, sagte ich unwirsch, als ich die Tür aufmachte.

„Haben Pizza bestellt?“ Erst jetzt sah ich, dass der Mann dasselbe Hemd trug wie Luki, nur dass er wohl echt war.

„Nein“, sagte ich unfreundlich, um den Pizzaboten schnell

wieder loszuwerden. Doch der insistierte: „Aber sicher, ist Pizza für Werner Klug, dritter Stock."

Ich sah mich am Gang um, ob der Trottel schon das ganze Haus zusammengetrommelt hatte, dann deutete ich auf das Schild neben dem Treppenabsatz und erklärte dem Mann aus dem Orient die Eigenheiten der Wiener Altbauten, die meist mit einem Halbparterre und einem Mezzanin den ersten Stock später zu zählen beginnen.

„Sehen Sie?", sagte ich, „Hier ist erst zweiter Stock, Sie sich in der Tür geirrt."

Warum ich selbst plötzlich wie einer meiner Jugos radebrechte, könnte vielleicht ein Psychologe erklären. Wichtig war aber, dass der Typ endlich verschwinden würde. Tatsächlich packte er seinen nach saurem Käse stinkenden Karton in die Tasche und zog weiter.

Ich hatte ein ungutes Gefühl. Immerhin war er ein Zeuge, auch wenn er nicht der Hellste schien. Doch genau die achten auf die kleinen, unbedeutenden Details, über die sich ein Staatsanwalt freut. Und der baut daraus seinen Indizienbeweis wie ein Kind seine Burg aus Holzklötzen. Vielleicht hat er sich gewundert, warum ihm ein Mann in einer stockdunklen Wohnung geöffnet hat. Noch dazu in einer Wohnung, auf der am Türschild ein Frauenname stand.

„Abbrechen!", sagte ich zu meinen Komplizen. Mir schien es ratsam, schnell von hier abzuhauen. „Hier finden wir ja doch nichts."

„Leg das sofort wieder weg", sagte ich zu Luki, den ich ertappte, wie er sich ein kleines Bündel Geldscheine, das er entdeckt haben musste, einstecken wollte.

„Zahlst du mich heute?" Er baute sich provokant mit aufgerichtetem Kinn vor mir auf.

Er holte die Geldscheine aus seiner Hose und warf sie auf ein Kästchen im engen Vorzimmer. Ich dachte mir, dass es der Toten ziemlich sicher egal war, was mit diesem Gelddepot passierte, also lenkte ich ein und nickte.

„Vielleicht hatte sie das Material, das du suchst, bei sich, als ihr euch getroffen habt. Hatte sie eine Tasche dabei?“ Eddie dachte wieder einmal weiter. Er war abmarschbereit und hatte womöglich recht.

Ich wusste es nicht. „Ich kann mich nicht erinnern“, sagte ich.

„Wie kommst du überhaupt auf die Idee, dass sie auf ihrem Computer etwas haben könnte?“ Auch Luki war zum Aufbruch bereit.

Ich erklärte nochmals meine Theorie. Danach musste sie über jemanden etwas herausgefunden haben, das diesem Motiv für einen Mord war. Und es schien klar, dass dies mit ihrer Arbeit für die Agentur zu tun haben musste. Ich würde Maximilian Treu am nächsten Tag auf den Zahn fühlen.

10.

„Hallo, Arschloch!"

„Geh scheißen, du Pissnelke!"

Es war immer das Gleiche, wenn mein Bruder anrief oder ich ihn. Wir hassten uns einfach. Das hatte nichts damit zu tun, dass Vater einen von uns bevorzugt oder Mutter ihre Zuwendung einseitig verteilt hätte. Wir verachteten uns deswegen, weil wir beide im selben Albtraum gefangen gewesen waren und keiner daraus hatte entfliehen können. Gequält von nächtlichen Prüfungen in Mathematik, Griechisch oder Latein, erschlagen von einem übermäßigen humanistischen Wissen, das uns eingepflanzt worden war wie ein künstliches Gehirn, hatten wir uns nicht gegen Vater aufgelehnt, nein, wir begannen die Wut gegeneinander zu richten. Wir prügelten uns, wir kratzten, wir bespuckten uns, wir urinierten dem andern ins Bett und aufs Gewand, vor allem aber beschimpften wir uns. Ich flüchtete bald in Alkohol. Nach der Matura gab es auf der Uni unzählige Gelegenheiten, sich volllaufen zu lassen. Feste, Feiern, Partys oder einfach nur mit anderen Studenten Bier trinken. Statt in der Bibliothek zu lernen, saß ich im Café. Doch nach und nach verschwanden die Saufkumpane aus meinem Umfeld. Einer nach dem anderen hatte Sponsion. Endlich begann auch ich den Katechismus der Rechtsordnung zu beten und schaffte tatsächlich mein Studium.

Sinus, mein älterer Bruder, war da schon lange von zu Hause abgehauen. Er hatte sich zum Bundesheer gemeldet und dort länger verpflichtet. Dann war er zu Wehrsportgruppen abgedriftet, bis man ihn wegen seiner faschistischen Ansichten und einiger aufklärungsbedürftiger Bilder aus dem Heer entfernt hat. Jetzt ist er Consultant und berät Politiker. Mit so einer Vorgeschichte kannst du natürlich nur bei den Blauen landen.

Schuld hatte wie an allem mein Vater. Mit dieser krankhaften Fokussierung auf die archaischen Gesellschaften der vergangenen Jahrtausende war Fortschritt für ihn so etwas wie der Klassenfeind. Und uns zog er mit sich in das schwarze Loch der Reaktion.

Mutter war zu schwach, sich gegen uns drei Männer durchzusetzen oder uns Kinder als Verbündete aufzubauen und auf ihre Seite zu ziehen. Ich würde nicht sagen, dass unsere Mutter sonderlich emanzipiert war oder sich gegen Vater bewusst auflehnte, doch manchmal widersprach sie leise und nahm einen konträren Standpunkt ein. Ihre bisweilen liberalen Einstellungen waren in unserer konservativen Familie wie ein zartes Pflänzchen, das in einer schmalen Ritze im dichten Beton der Großstadt erblüht.

Ich kam zum Grund meines Anrufs: „Du musst dich morgen um den Alten kümmern!", sagte ich zu ihm und lieferte auch den Grund dafür: „Ich habe keine Zeit."

„Lebt der Alte also noch immer?" Natürlich wusste mein Bruder, dass unser Vater noch lebte. Doch jedes Mal kam diese Frage.

„Es ist nur morgen. Heute war ich bei ihm und übermorgen ist Mama wieder da."

„Warum tun wir das eigentlich?"

„Es ist unser Vater."

„Genau deswegen will ich ihn tot sehen."

Wir hassten uns, wir hassten unseren Vater und wir fühlten uns von unserer Mutter genervt. Wir waren eben ein Fleisch und Blut. Wir waren Familie.

„Gut", sagte mein Bruder und legte grußlos auf.

Nach jedem Telefonat mit meinem Bruder hatte ich einen schlechten Geschmack im Mund. Eine Mischung aus sauer gewordener Milch und bitteren Mandeln. Wahrscheinlich stieß mir diese schwer verdauliche Beziehung zu ihm auf. Ich holte mir ein Glas Wodka, weil man den bekanntlich nicht riecht. Im

Supermarkt sehe ich manchmal einen Alkoholiker, der noch an der Kasse die ersten zwei Miniaturfläschchen leert. Der stinkt nie nach Alkohol.

Ich setzte mich an den Computer und googelte, was ich über Clara Bonacci finden konnte. Und während ich langsam trank und darüber nachsinnierte, ob unsere Aktion vorhin ein völliger Flop gewesen war, kam mir die Idee, auf einen ordentlichen Drink zu gehen oder besser auf einen Cocktail.

Frau Bonacci betrieb ein Lokal. Es war zwar schon Abend, aber noch lange nicht späte Nacht und in einer Bar würde das Geschäft erst jetzt losgehen. Bevor ich duschte und mich in Schale warf, kippte ich den Rest des Alkohols in den Abfluss. Ein Polo, dessen Rosa eine Nuance zu stark ausgewaschen war, und darüber ein graues Leinensakko. Chinos in Schlammgrün und schwarze Sneaker ohne Socken. Mit dem Dreitagebart sah ich aus wie einer dieser Männer auf Tinder, die jugendlicher als ihre Söhne sein wollten.

Das Bild von Renko kam mir in den Sinn. Seltsam, dass wir einander ähnelten. Bemerkenswert auch deswegen, weil ich mit meinem Bruder so gut wie keine Übereinstimmung hatte. Weder innerlich und schon gar nicht äußerlich. Er war hager, hatte ein spitzes Gesicht, aus dem die Wangenknochen hervortraten. Er hatte einen hellen Teint und seine Augen stachen hervor wie zwei Spots.

Wenig später hatte ich das „Hinterzimmer" erreicht. Die Bar im siebenten Bezirk an der unscheinbaren Rückseite eines großen Kaufhauskomplexes war unerwartet verwaist, was meinem Plan durchaus entgegenkommen mochte. So würde ich nicht bis in die frühen Morgenstunden auf ein klärendes Gespräch mit der Dame hinter der Bar warten müssen.

Doch dieser Abend hatte einige Überraschungen für mich parat. Die erste war, dass einsam an einer der Kojen Maximilian Treu, der Agenturchef, auf einem Barhocker saß. Ich durchschritt das Lokal, das mit vielen Braun- und Grautönen in der Einrichtung und dem gedämpften indirekten Licht zwar heimelig, zugleich aber unpersönlich wirkte. Es gab eine lange Theke am Ende des Raumes. Dahinter waren vor einer Spiegelwand Flaschen aufgetürmt, was wie die Skyline einer modernen Großstadt aussah. An den Wänden gab es zu beiden Seiten erhöhte Tischchen, die von Sitzbänken an der Mauer halb eingeschlossen waren. Viel Platz boten sie nicht, doch die Herren mit Schlips, Goldcard und Golfcart saßen sicher gern eng an die Schenkel ihrer Begleitung gedrückt. Hochprozentiger und hochpreisiger Alkohol war die Eintrittskarte für das Öffnen dieser Schenkel.

Doch heute hatte sich nur ein bärtiger Kerl mit seiner jungen Begleiterin hierher verirrt. Ich betrachtete den Typen, der mehr dem Klischee eines Hofrats entsprach denn dem Bild eines Dandys oder Aufreißers. Sie unterhielten sich in einer Ostsprache. Vielleicht, so dachte ich, waren das Touristen, die auf einen Absacker eingekehrt waren. Vater und Tochter oder Arbeitskollegen, die hier gemeinsam dienstlich unterwegs waren. Dazu passte aber das Bild seiner Hand auf ihrer Hüfte nicht. Sie schien sich nicht daran zu stören und plauderte angeregt mit ihm, während er lächelnd nickte. Irgendetwas machte ich falsch, sagte ich mir, wenn ich an meine eigenen bescheidenen amourösen Abenteuer dachte, die sich früher auf eine schnelle Nummer mit meiner Angestellten reduziert hatten. Und auch das lag schon einige Zeit zurück. Die Musik säuselte leise dahin. Viel Bass und weich zischende Höhen ließen nur den Beat erahnen.

Ich trat an Treu heran und sagte: „So schnell sieht man sich wieder."

Treu wirkte abwesend, als er den Kopf hob. Der Glanz in seinen Augen verriet, dass das vor ihm stehende Glas mit goldbrauner Flüssigkeit nicht sein erstes war.

Er sagte mit belegter Stimme: „Ich könnte nicht behaupten, dass ich darüber erfreut bin."

„Was machen Sie hier?", fragte ich.

„Ich dachte, Sie sind Anwalt und kein Polizist, also geht Sie das einen feuchten Dreck an."

Ich lächelte und stützte mich vor ihm auf der Tischplatte auf. „Ich vertrete die rechtlichen Interessen der Eltern von Maria Schneider. Meinen Sie nicht, dass die Eltern ein Recht darauf haben zu erfahren, was und warum das mit ihrer Tochter passiert ist?"

„Belästigt dich der Typ?"

Clara Bonacci hatte sich zu uns gesellt und drängte mich mit ihrem Körper ein wenig ab.

Ich richtete mich auf und stellte mich vor.

Sie maß mich von der Haar- bis zur Fußspitze und verzog dabei keine Miene. Clara Bonacci war etwas älter als Maria, sie musste die vierzig schon erreicht haben, hatte aber eine tolle Figur. Die Fettpölster saßen bei ihr an den genau richtigen Stellen. Sie hatte einen glatten Teint und die blonden Haare legten sich in zwei Wellen um ihr Gesicht. In der Hand hielt sie ein Glas, aus dem sie die aufgespießte Cocktailkirsche an ihre Lippen führte und langsam in den Mund steckte.

Ich stellte mir dabei vor, wie diese Lippen sich auf jene von Maria drückten, und sofort begann mein Kopfkino und ich stellte mir vor, wie diese Lippen auch andere, intimere Stellen von Maria gekost hatten. Ich musste mich räuspern, dann sagte ich: „Frau Clara Bonacci, nehme ich an."

Sie stellte ihr Glas ab und nickte. „Sie kommen sicher wegen Maria", sagte sie und ich bemerkte, dass sich eine sentimentale Schwere über ihren Blick gelegt hatte. Ich sah, wie eine Träne über die Wange lief und zu Boden fiel. Eine einzige Träne, die ihrer Kontrolle entkommen war. Sie wandte sich ab, dann gab es einen Krach. Sie hatte ihr Glas gegen Treu geschleudert. Der konnte sich rechtzeitig wegducken und das Glas zerschellte an der Wand.

„Porca miseria", fluchte sie auf Italienisch und mir wurde bewusst, dass ihr leichter Akzent und ihr Name kein Marketing-

Schmäh waren. In ihr kochte die Südländerin hoch. Sie schrie. „Wie konnte sie mir das antun?“ Dann richtete sie ihren Zeigefinger auf Treu. „Wie konntest du mir das antun? Ich habe mein Leben an eine Prostituta verschenkt. An eine Nutte, wie man hier sagt. Und ich war ihr immer treu und sie hat mich dauernd wegen dem da betrogen. Mit Männern!“ Das letzte Wort hatte sie mit Verachtung in der Stimme ausgesprochen und dann ausgespuckt.

Ich griff sie mit sanftem Druck an der Schulter, schob sie etwas zur Seite und sagte: „Vielleicht können wir uns irgendwo hinten ungestört unterhalten?“

Doch sie wand sich aus meinem Griff und fauchte weiter. „Ich möchte sie umbringen. Wenn sie nicht schon tot wäre, würde ich sie selbst massakrieren.“

Sie nahm einen schweren Aschenbecher und schleuderte ihn in die Flaschen hinter der Theke. Mit Getöse stürzte eine der Säulen um und die Scherben flogen durch die Luft. Hektisch ließ der Hofrat jetzt von seiner Begleitung ab und verlangte die Rechnung. Clara schüttelte nur den Kopf und sagte: „Geht heute aufs Haus“.

In Windeseile packte der Hofrat sein Sakko und das junge Mädchen. Überstürzt verließen sie das Lokal, in dem ein Vulkan namens Clara Bonacci knapp vor dem Ausbruch stand. Der Vulkan verschwand in einer kleinen Tür hinter der Theke.

Jemand tippte mir auf die Schulter. Ich fuhr herum und sah, dass Treu sich vor mir aufgebaut hatte. Doch sein Versuch, an Größe zu gewinnen, scheiterte. Er fiel in sich zusammen und sagte kleinlaut wie ein Schüler, den man beim Rauchen am Klo erwischt hatte: „Mir ist da etwas eingefallen. Maria betreffend, aber ich muss das noch prüfen. Kommen Sie morgen zu mir ins Büro.“ Dann wankte er zur Tür hinaus und ich war allein in der Bar und konnte zum ersten Mal an diesem Abend die Musik hören.

Aus den Boxen erklang der Song, den sie gespielt hatten, als ich Maria im Volksgarten getroffen hatte. Zufall? Koinzidenz?

Doch Korrelation bedeutet nicht Kausalität. Den letzten Satz hatte ich aus einem klugen Buch geklaut, wusste aber nicht mehr, aus welchem. Vielleicht hätte das Buch eine Antwort auf diese verworrene Geschichte gehabt. In meinem Geiste erschienen Variable und Unbekannte, die eine Wahrscheinlichkeit berechnen sollten, und mir wurde schwindelig. Wieder einmal. Kein Wunder, wenn man als Kind solche Dinge ins Hirn gestopft bekommt wie eine Mastgans und dann den Gleichgewichtssinn verliert. Ich stützte mich an der Theke, ab, als Clara in den Raum zurückkehrte.

„Sie sind noch hier?" Sie schien gefasster und betrachtete das Chaos, das sie hinter dem Tresen angerichtet hatte. Ein paar der Türme waren heil geblieben. Sie nahm eine Flasche von einem Podest und fragte mich, ob ich etwas trinken wolle, und ich nickte. Dann saßen wir uns gegenüber, die breite Holztheke als Barriere zwischen uns, die Gläser vor uns.

Und ohne, dass ich sie gefragt hätte, begann sie zu erzählen: „Natürlich wusste, ich, dass Maria früher auch was mit Männern hatte. Wir kannten uns schon seit Jahren, führten eine On-off-Beziehung. Erst vor zwei Jahren ist sie zu mir gezogen. Sie hat ihre Wohnung zwar behalten, aber da war sie so gut wie nie anzutreffen."

Das erklärte, dass wir nichts finden konnten. Ich hatte zunächst gedacht, dass uns die Polizei zuvorgekommen war.

„Wir wollten heiraten, in zwei Monaten."

Ich sah den Muskelstrang, der sich durch Claras Gesicht spannte. Sie hatte die Zähne zusammengebissen und ihre Lippen zitterten unruhig wie der Anzugstoff eines Basejumpers im freien Flug. Sie wirkte mit einem Mal gealtert und in ihren Augen leuchtete Zorn. Dann ließ sie ihre Schultern sinken und begann zu schluchzen. Ich war nicht die richtige Person, um ihr Trost zuzusprechen, zu oft hatte man mich als Kind mit meinem Schmerz allein gelassen. Dragana warf mir manchmal sogar Gefühlskälte vor, wenn ich auf eine Todes- oder Unglücksnachricht nur die Schultern zuckte. Doch gegen diese Schultern lehnte sich nun Clara. Ich spürte die warme Feuchte ihrer Wangen auf meiner Haut. Ich spürte das Zittern ihres Körpers an meiner Brust und ich spürte das Beben ihres Kopfes, als sie den Tränen nun freien Lauf ließ. Es schien mir richtige Trauer, aufrichtiges Bedauern dessen, was passiert war oder woran sie sich einen Anteil der Schuld zumaß. Woran sie schuld war? Schuldig vielleicht sogar?

Dieser Gedanke kam mir gleich. Und er kam nicht nur deswegen, weil beim Bullen von Tölz auch immer die tränenfeuchten Blondinen die Mörderinnen sind. Ich legte meine Hand auf Claras Kopf, als mir plötzlich jemand den Boden unter den Füßen wegzog. Von einem Augenblick zum anderen lagen wir auf dem Boden und es dauerte eine Weile, bis ich auf Claras Zureden reagieren konnte. Sie war noch halb auf mir, ihr Busen drückte gegen den Arm, den ich irgendwie verdreht vor meinem Bauch hielt. Meine Beine waren eingeknickt und in genau dieser Position war ich wieder zu mir gekommen. Clara hatte sich zwischenzeitig die Tränen abgewischt, doch ihre Augen waren leicht gerötet und die Schminke ein wenig verwischt.

„Was hast du?", fragte sie. Wir waren also beim „Du" angelangt. Sie rappelte sich hoch und richtete sich Bluse und Rock. Dann reichte sie mir eine Hand und half mir auf. Ich lehnte mich gegen eine der Bänke.

„Ich weiß nicht", sagte ich. „Offenbar habe ich seit ein paar Tagen Probleme mit dem Kreislauf."

„Das solltest du dir anschauen lassen."

Clara hatte recht. Das waren jetzt zu oft solche Aussetzer gewesen. Normal war das nicht. Aber das Einzige, was mir in diesem Leben noch richtige Angst bereiten konnte, war ein Besuch beim Arzt.

„Trink!" Clara hatte mir ein Glas Wasser hingestellt.

Ich nahm einen großen Schluck und musste sofort nach Luft schnappen. Clara hatte mir Wodka eingeschenkt. Offenbar meinte sie, der Alkohol würde meinem Kreislauf guttun. Doch jetzt schwindelte es mich erst recht. Ich wollte etwas sagen, doch meine Zunge war wie gelähmt. Ein unkontrollierbarer Fleischklumpen klebte mir am Gaumen. Ich versuchte dennoch ein paar Worte herauszuwürgen, ohne mir dabei die Zunge abzubeißen. Da hatte sie mich schon unter dem Arm gepackt, um mich abzustützen und so zur Tür zu bringen. Ich rechnete damit, dass sie mich jetzt auf die Straße setzte. Doch sie sagte: „Meine Wohnung ist hier im Haus. Du legst dich jetzt bei mir aufs Sofa."

Ich landete nicht auf Claras Sofa, sondern in ihrem Schlafzimmer. Sie führte mich zum Bett und sagte: „Bilde dir nichts darauf ein. Es wird nichts passieren. Ich will heute Nacht nur nicht allein sein. Wehe, du versuchst das auszunutzen."

Doch es war ihre Hand, die, kaum dass sie sich im Dunkeln zu mir gelegt hatte, unter der Decke auf die Suche ging. Zum Glück hatte mein kleiner Cosinus keinen Schwächeanfall und erreichte schnell den erwarteten Winkel. Ich wüsste heute nicht mehr, ob sie das damals genossen hat oder ob ich nur das Werkzeug einer verspäteten Rache an Maria Schneider war. Es war Sex mit wenig Hingabe. Sie war auf mich geklettert und hatte sich rittlings auf meinen Schwanz gesetzt, vielleicht, weil sie in der Position nicht Gefahr lief, beim Orgasmus in die Gesichtszüge eines Mannes blicken zu müssen. Ich streichelte ihren Hintern und je wütender sie ihre Bewegungen auf und ab ausführte, desto fester knetete ich ihr Fleisch, bis ich kam. Mein Penis hatte noch nicht zu zucken aufgehört, da war sie schon von mir herunter und hatte sich weggedreht.

In dem Raum herrschte eine gespenstische Stille und die Vorstellung, dass ich womöglich neben einer wahnsinnigen Triebtäterin lag, ließ mich lange wach liegen. Erst als ihr ruhiger Atem in ein sanftes Säuseln mit vereinzelten Schnarchern übergegangen war, schloss ich die Augen und war umgehend eingeschlafen.

11.

Am nächsten Morgen war die Stimmung trübe wie das Abwaschwasser einer Großküche. Claras Gesichtszüge waren hart und ihr Blick ausweichend und es war schwer, zu sagen, wen sie mehr hasste: mich für das, was ich getan hatte, oder sich selbst für das, was sie mit mir getan hatte. Als ich erwacht war, bereitete sie in der Küche Kaffee mit einer dieser eckigen Mokkamaschinen zu.

Wortlos ging ich zu ihr. Die wenigen Male, die sich unsere Augen trafen, schien es mir, als wollte sie etwas sagen. Vielleicht eine Erklärung liefern für ihr gestriges Verhalten. Dass sie aufgewühlt gewesen sei, emotional erregt. Und vielleicht hatte sie ja auch etwas getrunken. Doch plötzlich trat sie vor mich hin und packte mich am Sack.

Sie sagte: „Wenn du zu irgendwem ein Wort über das sagst, was hier passiert ist, dann schneid ich dir die Eier ab!"

Ich schob ihre Hand weg und fragte: „Ist etwas passiert?"

Sie ließ von mir ab und deutete auf eine kleine Espressotasse aus weißem Steingut am Tisch, in die ich den tiefschwarzen Kaffee aus der heißen Kanne goss.

„Hatte Maria einen Computer?", fragte ich.

Clara warf die Haare in den Nacken. „Lass mich mit Maria jetzt in Ruhe. Geh, ich will allein sein."

Und trotz dieser Abfuhr deutete sie auf einen kleinen Sekretär, der unter einer Dachschräge stand. Darauf war ein silberner Laptop, den ich mir holte. Daneben lag ein Stick in einem unbenutzten Aschenbecher. Auch den steckte ich ein. Ich musste Eddie treffen und ihm den Computer geben. Auch zu Maximilian Treu wollte ich noch.

Als ich zur Tür ging fragte ich: „Wieso war eigentlich Maximilian Treu gestern in deiner Bar?"

„Er wollte mir die Sache mit Maria erklären. Der Schuft hat

mich die ganze Zeit hinters Licht geführt. Und Maria auch. Aber die ist ja jetzt tot."

Ich blieb in der halb geöffneten Tür stehen. Mich wunderte, dass Treu offenbar länger anwesend war, denn er musste einiges konsumiert haben, so wie er gewankt hatte.

„Warum hast du ihn denn nicht sofort rausgeworfen, als er gekommen ist?" Diese Frage schien mir naheliegend.

„Wie denn, ihm gehört ja das Lokal."

In dem Moment wusste ich, wofür das „T" in T-Gastrobetriebs GmbH stand. Denn dieser Gesellschaft gehörte laut Firmenkompass das „Hinterzimmer" und diese Gesellschaft gehörte offenbar Maximilian Treu. Der Mann setzte auf Synergien. Eine schummrige Bar war optimal, wenn ich Lockvögel aussandte, um arme Ehemänner oder Verlobte auf ihre Treue zu testen. Mit jemandem, der es mit der eigenen Partnerschaft selbst nicht so genau nahm. Doch Maria hätte sich dort mit ihren Opfern nicht blicken lassen können, wenn ihre Partnerin die Geschäfte führte. Die halbe Nacht hatte ich an sie gedacht. An unser erstes Treffen und an unsere letzte Begegnung. Ich hatte versucht, die Fetzen, die sich meine Erinnerung schimpften, an den passenden Abrissen zusammenzufügen. Und da fiel mir ein, wie sie sich von jemandem verabschiedet hatte.

Ich verließ das Haus und warf durch die Scheibe noch einen letzten Blick in die Bar, bevor ich die Straße querte.

Klar, dass ich wieder einen Strafzettel hatte, als ich zu meinem Auto kam. Meine Parkvignette besaß nur Gültigkeit für den vierten und den fünften Bezirk. Die Nacht im siebenten Bezirk zu verbringen, war nicht geplant gewesen und jetzt hatte mein Wagen schon zu lange ohne Parkschein hier gestanden. Ich nahm den Zahlschein an mich. 36 Euro kostete mich das Ganze. Keinen Cent zu viel, denn jetzt hatte ich ja den Computer von Maria. Und als Draufgabe hatte ich sogar noch Sex bekommen. Lieblosen zwar, aber immerhin besser, als sich einsam der Fantasie hinzugeben. Ich überlegte, zuerst nach Hause zu fahren, um mich zu duschen und umzuziehen, doch dann entschied ich, mich sofort mit Eddie zu treffen. Ich wollte ihm den Laptop geben, damit er mir das Passwort knackte.

Wir trafen uns im Café Drechsler an der Wienzeile. Ich parkte den Wagen am inneren Parkstreifen neben einer der kleinen Hütten des Naschmarkts. Ich überquerte die Straße und betrat das Kaffeehaus. Der Clubsound blubberte aus den Speakern und passte besser zu einem Cocktail als zu einem Kaffee, den ich bitter nötig hatte. Ich ließ meinen Blick durch das Lokal wandern. Eddie war noch nicht hier. Ich setzte mich an einen der dunklen kleinen Tische und bestellte bei der Kellnerin einen doppelten Espresso.

An einem der Fensterplätze saß ein Mann, der in seine Zeitung vertieft war, sonst waren wir allein in dem Lokal. Die Kellnerin schlurfte herbei. Sie trug ein Piercing an der Unterlippe und fragte mich, nachdem sie den Kaffee vor mir abgestellt hatte, ob ich auch etwas zu essen wünschte. Ich sog zunächst den Duft des Kaffees ein. Meine Lebensgeister waren nun erwacht und sie wünschten sich zwei Eier im Glas und ein Schnittlauchbrot. Das Mädchen nickte und ich betrachtete ihre sich unter der Bluse abzeichnenden Brüste für einen Moment zu lange. Sie trug keinen BH. Ich erntete dafür einen abfälligen Augenaufschlag.

Ich holte mir ebenfalls eine Zeitung und blätterte den Lokalteil durch. Es fand sich ein kurzer Bericht über den Mord an Maria Schneider. Die Polizei verfolge mehrere Spuren, von Renko fehle jedoch nach wie vor eine solche. Darunter sah ich ein kleines Bild von Maximilian Treu, der Angaben zu Klienten verweigert habe. Ich war neugierig, was er mir zu erzählen hatte. Aber vielleicht was das gestern nur so eine Phrase gewesen. Er hatte sie vielleicht dahingesagt, ohne Hintergrund, oder er hatte es heute schon wieder vergessen. Er war ja einigermaßen angetrunken gewesen.

Ich dachte an den gestrigen Abend und fragte mich erneut, ob Clara hier grausam Rache an ihrer untreuen Gefährtin genommen hatte. Impulsiv genug für einen Mord war sie ja. Aber das Ensemble, das der Mörder arrangiert hatte, und überhaupt die Umstände des Mordes entsprachen in keiner Weise einer spontanen Tat aus Eifersucht. Es war alles wohl überlegt, ja, es schien sich hier um einen gut vorbereiteten Racheakt zu handeln. Das deutete darauf hin, dass sich eines der von Maria bloßgestellten Opfer auf infernalische Weise gerächt hatte. Er hatte ihre Vagina versiegelt, weil das die Wurzel des Übels war. Ich legte meine Hand auf den Laptop neben mir auf der Bank und schreckte aus meinen Schlussfolgerungen hoch, als die Kellnerin den Teller mit dem Brot und die Schale mit den Eiern auf den Tisch hinknallte. Kein Wunder, sie wollte mir keinen weiteren Einblick bieten, indem sie sich zu tief hinabbeugte.

„Na? Harte Nacht gehabt?“ Eddie stand vor mir und deutete auf die Eier im Glas. Er grinste schmutzig.

Ich fragte mich, warum wir Männer immer nur an das eine dachten.

„Nein, antwortete ich“, doch ich wusste, dass er wusste, dass ich log. Wahrscheinlich sprach mein Gesicht Bände. Ich kaute meinen Brotbissen fertig und hielt ihm den Laptop entgegen. Eddie packte ihn sofort in seinen Rucksack. „He!“, protestierte ich. „Ich dachte, du knackst das Ding gleich hier und wir gehen die Daten gemeinsam durch.

Eddie hielt sich den gestreckten Zeigefinger vor den Mund. Dann flüsterte er mir zu: „Wenn ich hier online gehe, kannst du sicher sein, dass das die Polizei umgehend mitkriegt. Die suchen sicher auch nach dem Teil. Und es wäre doch schwer zu erklären, warum jemand, der seit gestern tot ist, heute seine E-Mails checkt. Aber du bist Anwalt. Finde du dafür eine Erklärung.“

„Ist schon gut“, murrte ich. Immerhin platzte ich fast vor Neugier, was sich auf Marias Computer so alles finden würde. Vor allem, WER sich finden würde. „Was hast du vor?“, fragte ich.

„Das willst du gar nicht wissen. Aber ich werde dir die Daten in gesicherter Umgebung auf einen externen Datenträger kopieren und du kannst sie dir dann daheim in Ruhe betrachten. Allein. Findet sich sicher die ein oder andere Wichsvorlage dabei.“ Eddie kniff ein Auge zu. Aus dem anderen linste er mich spitzbübisch an. „Aber anscheinend hast du es ja gar nicht mehr nötig“, sagte er dann und nahm sich ein Stück von meinem Brot. „Man sieht sich.“ Dann war er auch schon durch die Türe.

Ich bestellte noch einen Kaffee. Als die Kellnerin kam, sprach ich bewusst leise, damit sie sich wieder zu mir beugen musste. Ich sah das rachelüsterne Blitzen in ihren Augen, als sie hinter der Theke verschwand. Ich zahlte und gab ihr ein ordentliches Trinkgeld, das sie zögerlich annahm. Wahrscheinlich plagte sie ein schlechtes Gewissen. Den Kaffee ließ ich unangerührt stehen. Ziemlich sicher hatte sie hineingespuckt oder sich sonst eine Bosheit einfallen lassen.

„Und jetzt fragen Sie sicher gleich danach, wann ich Dienstschluss habe“, sagte sie.

„Nein“, antwortete ich. „Ich will es Ihnen gleich in der Besenkammer besorgen.“

Ich ließ sie stehen und malte mir ihre Enttäuschung aus, wenn sie die nicht angetastete Kaffeetasse abservierte.

Plötzlich hielt mich jemand an meiner linken Schulter zurück. Instinktiv rechnete ich mit einem Faustschlag und duckte mich daher ein wenig weg. Dennoch traf mich die Ladung Kaffee mit voller Wucht.

„Geht aufs Haus, du Spanner“, rief die Kellnerin.

Ein Kinnhaken wäre mir lieber gewesen. Jetzt würde ich mich umziehen müssen. Ich trat triefend einen Schritt auf sie zu und sie händigte mir wortlos die zehn Euro aus. Das Trinkgeld von vorhin. Ich nahm den Schein als Wiedergutmachung für die Putzerei entgegen. Den Hemdwechsel konnte ich auch in der Kanzlei erledigen. Dort hatte ich immer Hemd, Sakko und Krawatte parat. Manche Richter pochten noch auf Etikette und als

Anwalt war ich ja gewissen Standesregeln unterworfen. In Jeans und ärmellosem Shirt konnte man nicht vor Gericht erscheinen, selbst wenn der Richter selbiges unter seinem Talar anhatte.

Der Naschmarkt erwachte zum Leben. Lieferanten schoben Schubkarren, beladen mit Gemüsekartons, durch die engen Gässchen und die ersten Schanigärten vor den Lokalen sperrten auf. Ich kletterte ins Auto und versuchte mit einem Lappen, mit dem ich im Winter die Innenseite der Windschutzscheibe vom Beschlag befreite, meine Brust trockenzulegen. Ohne Erfolg. Das Hemd klebte mir nass auf der Haut. Ein unerträgliches Gefühl, das ich sofort ändern musste. Beim Stand eines Pakistani kaufte ich ein Shirt mit dem Aufdruck „Slipknot".

Dragana grinste mir entgegen, als ich mit den Horrorgesichtern auf meiner Brust, das fleckige Hemd unter den Arm geklemmt, in meiner Kanzlei in der Paulanergasse ankam.

„Falsches Lokal gewählt?"

Ich schüttelte den Kopf. „Eher die falschen Worte", antwortete ich.

„Oder die falsche Gegnerin ausgesucht", traf Dragana den Nagel auf den Kopf.

Ich ging an ihr vorbei in mein Büro. Die Luft war abgestanden, ich öffnete ein Fenster. „Was steht heute an?", rief ich nach draußen.

„Telefonliste liegt auf deinem Tisch und in einer halben Stunde musst du im Gericht sein."

Eine halbe Stunde? Das war kaum zu schaffen. Ich überflog die Telefonliste und holte den Standapparat näher. Dragana hatte den Akt hergerichtet und die Nummer der Geschäftsstelle war auf der Ladung ausgewiesen. Ich rief den Richter an und erklärte, dass ich mich vielleicht ein paar Minuten verspäten würde.

„Schön langsam reicht es mir mit Ihnen", keifte er ins Telefon. „Bei der ersten Verhandlung haben Sie gefehlt, bei der letzten Ihr Mandant und jetzt geht das so weiter!"

Ich erklärte, dass mein Klient das letzte Mal bei der Beerdigung eines Verwandten im Ausland weilte, ich zuvor einer Beerdigung hätte beiwohnen müssen und es sich heute wirklich nur um ein paar Minuten handeln würde.

„Passen Sie auf, dass ich Ihre Klage nicht beerdigen lasse. Zehn Minuten, keine einzige länger, sonst bekommt Ihr Gegner sein Versäumungsurteil. Ist das klar?"

Ich nickte stumm, weil der Choleriker ohnehin aufgelegt hatte. Ich hatte ihn als Giftzwerg mit Spitzbärtchen in Erinnerung und wahrscheinlich hatte er auch einen ganz kleinen Schwanz. Die Zeit drängte, die Rückrufe konnten warten. Ich holte Hemd und Sakko aus dem Schrank. Die Kleidung roch muffig, es war Zeit, dass sie einmal ein wenig frische Luft abbekam. Ich packte die Unterlagen in meine Aktentasche und zwängte mich an Draganas Tisch vorbei in den Vorraum. Dragana surfte im Internet. Mich gelüstete nach Kaffee, weil ich ja meine zweite Tasse vorhin nicht getrunken hatte.

„Gibt es Kaffee?", fragte ich und Dragana zeigte auf eine Filtermaschine, wo ein Rest wahrscheinlich seit dem Morgen auf der Wärmeplatte vor sich hin köchelte.

„Haben wir keinen Espresso?", fragte ich enttäuscht.

„Wenn du eine neue Espressomaschine kaufst, dann werden wir Espresso haben. Im Moment gibt es nur Filterkaffee. Sei froh, dass ich meine alte Maschine von zu Hause mitgenommen habe."

Filterkaffee ist wie Onanieren. Er befriedigt weder richtig noch lange.

„Ich bin dann bei Gericht und nachher schaue ich bei Treu & Glauben vorbei. Hast du eigentlich schon was von denen gehört?"

„Es kam vorhin eine Mail rein. Sie bestätigen den Erhalt der Anzahlung und eine Kitty wird sich gleich heute darum kümmern."

„Kitty wie noch?"

„Die Mail war nur mit Kitty gezeichnet."

Ich nickte und schüttete den Rest des lauwarmen Gesöffs in die Spüle neben der Toilette. Ich hatte noch zwanzig Minuten für eine Strecke, die öffentlich in fünfundzwanzig Minuten zu bewerkstelligen war. Doch wenn ich Glück hatte, fehlte heute mein Mandant wiederum und ich konnte ihm die Schuld am Versäumungsurteil in die Schuhe schieben.

Ich trabte los und konnte gleich in eine Straßenbahn steigen. Bei der nächsten Station hatte ich den Anschluss zur U4, die bis Wien Mitte fuhr. In der Marxergasse stand das vor wenigen Jahren errichtete Gerichtsgebäude. Ein hoher Turm mit verspiegelten Scheiben, die das Licht in Tönen von Kupfer reflektierten. Das Justizzentrum. Gegenüber befand sich das Finanzzentrum und daneben lag ein Einkaufszentrum. Das Ganze unweit vom Stadtzentrum. Das Einzige, was an diesem Ort nicht zentriert war, waren die Menschen.

12.

Dummerweise erschien mein Klient, ein kleiner Ganove, der seinen Kompagnon übers Ohr hauen wollte. Und dummerweise verloren wir den Prozess. Wenigstens hatte ich mir vor der Verhandlung ausbedungen, dass er mir einen Teil des Honorars schwarz in bar geben sollte. Mit den paar Scheinen würde ich die nächsten Tage überstehen. Und es bestand Hoffnung, dass diese Kitty etwas über Ratko herausfinden würde, das sich gegen ihn verwenden ließ, also von seiner ehelichen Untreue abgesehen. Irgendetwas, von dem ich noch nicht wusste und das mir einen großzügigen Zahlungsaufschub verschaffen würde oder sogar einen Nachlass. Männer waren im Bett so gesprächig, vor allem wenn sie versuchten, jemanden zu beeindrucken. Ratko war da sicher auch so ein Pfau, der sich gern vor seiner Gespielin aufplusterte.

Ich beschloss, den kurzen Weg vom Gericht zur Agentur in der Innenstadt zu Fuß zurückzulegen. Im Gehen rief ich Eddie an und fragte, ob er schon etwas für mich habe. Er sei ein Computerprofi und kein Zauberer, gab er mir zur Antwort. Bis zum Abend müsse ich schon warten. Ich erreichte den Stephansplatz, aus dem ein Wald an Handystangen wuchs, gehalten von Horden chinesischer, italienischer und deutscher Touristen, die sich hier mit dem Wahrzeichen Wiens selfisierten. Ich nahm den Weg über die Rückseite am sogenannten „Zahnwehherrgott“ vorbei. Ich dachte daran, dass ich schon seit Ewigkeiten keinen Zahnarzt mehr besucht hatte.

Und da war dann noch diese Sache mit meinen Blackouts. Ich sollte schon deswegen wieder einmal meinen Arzt konsultieren. Ich hatte die Nummer in meinem Telefonspeicher. Zur Sicherheit. Obwohl ich nicht an Gott glaube, gab mir der Schatten des wuchtigen Sakralbaus die nötige Zuversicht, diesen Anruf zu tätigen und nach einem Termin am Nachmittag zu fragen.

Die Sprechstundenhilfe hob nach dem dritten Läuten ab. Mir schwante Übles. Womöglich war nichts los und sie würde mich wirklich sofort drannehmen.

„Ah, Sie sind heute schon voll, aber vielleicht nächste Woche? Nein, nichts Ernstes. Wissen Sie was, ich melde mich dann wieder."

Das war nochmals gut gegangen. Der Anwalt, der Raubbau am eigenen Körper betreibt, fürchtet nicht nur Kammer, Kollegen und Klienten, er fürchtet vor allem Kittelträger in Weiß.

Ich beschleunigte meine Schritte und hatte bald die Agentur erreicht. Ich drückte den Knopf an der Gegensprechanlage und zugleich ertönte das Summen des Türöffners. Ich betrat das Haus und in der geräumigen Eingangshalle wurmte es mich doch ein wenig, dass ich mir so einen Bürositz nicht leisten konnte. Nicht dass ich eitel oder ehrgeizig gewesen wäre, aber es nagte schon am Selbstvertrauen, wenn man trotz all der kleinen Schurkereien nie auf einen grünen Zweig kam. Mit ehrlicher Arbeit sowieso nicht.

Ich läutete an der Tür und wartete. Es vergingen zwanzig, es vergingen dreißig Sekunden. Ich klingelte nochmals und schaute auf das Türschild, ob ich richtig war. Gut möglich, dass ich von dem vielen polierten Messing ganz geblendet die Tür verwechselt hatte und jetzt vor dem Schönheitstempel eines plastischen Chirurgen stand. Nein, ich war richtig und klingelte ein weiteres Mal an. Ich fragte mich, ob die Sekretärin, die das letzte Mal geöffnet hatte, heute frei hatte oder warum sonst niemand kam. Möglich, dass sie etwas zu tippen und daher Kopfhörer aufgesetzt hatte. Ich hämmerte nun ungehalten gegen das Türblatt und plötzlich sprang die Tür auf.

Ich trat ein und rief ein lautes Hallo in den Vorraum. Es war völlig still. Die einzigen Geräusche kamen gedämpft von der Straße. Der Arbeitsplatz am Empfang war verwaist. Ich rief ein zweites Mal und trat betont laut auf, sodass auch meine Schritte nicht zu überhören waren. Wer immer da war, würde mich hören. Ich klopfte gegen die Bürotür von Treu und trat dann in dessen Büro.

Maximilian Treu saß an seinem Schreibtisch, aber er würde weder mich noch sonst etwas hören. Sein Kopf lag auf der Tischplatte und seine Zunge war an den Kalender geheftet. Sie war blau, und da sonst kaum Blut zu sehen war, nahm ich an, er sei vergiftet worden. Ich atmete einmal durch, wunderte mich über den schwachen Geruch nach Lavendel und begann dann mit meiner Arbeit.

Was immer er mir hatte erzählen wollen, ich war sicher, dass es etwas mit Marias Arbeit als Lockvogel zu tun gehabt hatte. Und es schien mir nicht unlogisch, dass er damit zuerst zu mir als Anwalt gehen wollte, ehe er es der Polizei mitteilte. Oft schon war es vorgekommen, dass ein unbedacht geäußerter Verdacht zu einem Bumerang wurde. Besser, man holte die Meinung eines Rechtsberaters ein, bevor man die Maschinerie der Kriminalpolizei in Gang setzte und eine Anklage wegen Verleumdung riskierte.

Treus Laptop stand zu seiner Rechten und er war eingeschaltet. Der Gegenschlüssel zu Marias Datensammlung, wie ich sie bald besitzen würde. Ich zog einen zweiten Drehstuhl heran und zwängte mich neben die Leiche. Der Körper war noch nicht kalt. Wäre ich gleich in der Früh gekommen, hätte ich den Mörder wahrscheinlich noch bei seinem Tun erwischt.

Ich zog den Rechner näher heran und drückte die Space-Taste, worauf der Sperrbildschirm mich aufforderte, das Passwort einzugeben. Doch hier würde ich Eddie und sein verbotenes Wissen nicht bemühen müssen. Treus MacBook war neueren Datums und verfügte über einen Fingerabdrucksensor und den Finger hatte ich ja. Ich musste ihn nicht einmal wie in einem billigen Gangsterfilm abschneiden, es reichte, dass ich seine Hand nahm und seine Fingerkuppe auf den Touch-ID-Sensor legte. Bingo! Die Dateien standen mir zur Verfügung. Ich suchte nach dem Mail-Verkehr mit Schneewittchen und überflog auf die

Schnelle ein gutes Dutzend E-Mails der letzten Wochen. Dann fand ich das elektronische Aktensystem der Agentur und öffnete den Ordner mit Marias Berichten. Der letzte war noch nicht geschlossen, es war die Akte Sigurd Renko, der letzte Auftrag. Jener, der jetzt nicht mehr abgeschlossen würde.

Ich überlegte, wo ich suchen sollte, es waren gut zwanzig Berichte, die mir interessant schienen. Zum Glück gab es eine Übersicht mit einem Ampelsystem. Rot bedeutete durchgefallen, der Kandidat war Marias Charme erlegen. Gelb signalisierte die Bereitschaft zur Untreue, ohne dass es tatsächlich dazugekommen war, vielleicht weil das Opfer die Falle erkannt hatte, und grün war der Freispruch, das Opfer war über jeden Zweifel erhaben. Ich wunderte mich, dass es gar nicht so wenige Männer gab, die es mit der Treue ernst nahmen. Da waren nicht wenige grüne Punkte über den jeweiligen Dossiers.

Na gut, beruhigte ich mich, ich sollte besser nicht von mir auf andere schließen, aber ich war ja auch nicht vergeben.

Ich suchte mir die Akten zusammen und machte ein paar Aufnahmen des Bildschirms mit meinem Smartphone. Interessant waren vor allem die überführten Seitenspringer. Die hatten ja Grund zur Rache. Für die anderen war Marias Erscheinen auf der Bildfläche schnell wieder vergessen. Eine prickelnde Episode für spätere Fantasien vielleicht, aber das mussten deren Partner wohl unter Folter oder mit einem Lügendetektor aus ihnen herauskitzeln.

Ich überlegte noch, ob ich Treus Zunge vom Kalender lösen sollte, doch der war aus dem Jahr 2015, war also weniger interessant für meine Zwecke. Ich las nur einen Namen, wobei die Schrift dieses Kalendereintrags wegen Blut und Speichel verronnen war.

Plötzlich hörte ich hinter mir den Parkettboden knarren. Der Hieb gegen meinen Hinterkopf hatte mich schneller getroffen, als ich mich umdrehen konnte. Dann war ich weg.

Als ich wieder zu mir kam, sah ich verschwommen die Umrisse eines Mannes vor mir stehen. Instinktiv griff ich mir an die geschwollene Stelle am Kopf. Ich ertastete eine Blutkruste. In meinem Schädel brummte und hämmerte es wie nach einer Studentenfeier mit Fusel aus dem Tetrapack.

„Was machen Sie da?“, fragte der Mann, der trotz der milden Temperatur draußen einen langen grauen Mantel trug.

Eigentlich hätte ich am liebsten meinen Kopf wieder auf die Tischplatte sinken lassen und die Augen geschlossen, doch trotz des tonnenschweren Widerstands hob ich ihn und fragte meinerseits: „Wer Sind Sie?“

„Abteilungsinspektor Parth vom LKA und die Fragen stelle ich“, sagte er in einem Ton, der sich wie ein Bohrer durch mein Hirn schraubte. Er streckte mir seinen Ausweis entgegen. Ich gab mir einen Ruck und lehnte mich zurück, massierte dabei meine Stirn, was die Lage etwas erträglicher machte.

„Ich bin Anwalt. Ich hatte heute einen Termin bei Herrn Treu und habe ihn so vorgefunden, dann hat mir jemand eine über den Schädel gegeben.“

Der Polizist runzelte die Stirn. Er betrachte mich und die neben mir kauernde Leiche. Ich rutschte etwas von ihr ab. Unser Blick wanderte zeitgleich zum Laptop, der aber wieder den Sperrbildschirm zeigte. Mein Glück.

Parth machte mit seinem Telefon ein Bild von der Szene mit mir und ich muss gestehen, der festgehaltene Anblick würde mich in einem Prozess nicht gerade entlasten.

„Hören Sie“, sagte ich, „das sieht vielleicht alles ein wenig sonderbar aus, aber ich kann es erklären.“

„Ich höre.“

Parth setzte sich ebenfalls. Er hatte ein rundes Gesicht, das speckig glänzte. Über der Oberlippe wuchs ein Bartflaum, die einzelnen Haare waren dünn und lang, wie auch das Haupthaar. Uns beiden lief der Friseur schon lange nach, doch Parth war offenbar schneller. Als er mir gegenüber dasaß, den Mantel offen, zeichnete sich ein Bauchansatz unter dem Stoff seines gespannten dunklen Hemds ab. Er hatte die Arme verschränkt und blickte mich herausfordernd an. Gedanken wirbelten durch mein Hirn wie die Körner eines Sandsturms und eine rettende Idee fehlte ebenso wie Wasser in der Wüste. Eine Oase entdeckte ich aber:

„Ich bin der Opferanwalt von Maria Schneider. Deren Eltern haben mich beauftragt, die näheren Umstände des gewaltsamen Todes ihrer Tochter zu untersuchen und dabei die Rechte, sowohl der Toten als auch der Hinterbliebenen, zu wahren", sagte ich mit gespielter Überzeugung, wie sie anzuwenden ich bei meinen Plädoyers gelernt hatte.

Parth öffnete die Arme und beugte sich vor. Es wirkte, als würde er zu applaudieren beginnen, doch er beschränkte sich auf ein einmaliges Zusammenklatschen der Hände.

„Bravo, Herr Anwalt, das werden wir jetzt alles prüfen und daher darf ich Sie bitten mitzukommen."

Ich sprang auf. Da mich schwindelte, musste ich mich an der Tischplatte abstützen.

„Wollen Sie damit sagen, dass ich verhaftet bin?"

Ich wollte eine Antwort, kein schwammiges Herumgesülze. Denn es machte einen entscheidenden Unterschied, in welcher Eigenschaft man befragt wurde. Als Beschuldigter hatte man alle verfassungsrechtlich gewährten Verteidigungsrechte, vor allem konnte man lügen, was das Zeug hielt, oder eben jede Aussage verweigern. Ansonsten war man der Wahrheit verpflichtet.

Doch statt die Frage zu beantworten sagte Parth: „Vor weniger als zwanzig Minuten kam ein Anruf herein, dass wir sofort in dieses Büro kommen sollten, wir würden dort entscheidende Hinweise bezüglich des Mordes an Maria Schneider vorfinden. Diesen Fall untersuche ich nämlich. Und was finden wir? Noch eine Leiche und dazu einen Anwalt, der bereitwillig zugibt, in die ganze Sache involviert zu sein. Gehen wir!"

Parth erhob sich und ich beschloss, jetzt besser einmal die Rolle des Schweigsamen zu mimen. Wie auf Kommando erschien ein uniformierter Polizist und packte mich am Oberarm. Bevor ich protestieren konnte, gebot ihm Parth Einhalt.

„Sachte", sagte er zum Subalternen. „Ich bin sicher, der Herr Doktor folgt uns ganz gesittet."

Ich nickte und der Polizist ließ mich los. Auf der Fahrt schwiegen wir. Der Wagen brauchte nicht lange in die Berggasse im neunten Bezirk. Wir stiegen aus und ich hielt Parth, der vorangegangen war, an der Schulter zurück.

„Ich habe mit der Sache nichts zu tun, und Sie wissen das", sagte ich.

„Weiß ich das?", kam die ausweichende Antwort.

„Ja, Sie brauchen einen Schuldigen."

„Und den werde ich finden. Wenn ich ihn nicht bereits gefunden habe."

Wir fuhren mit dem Lift in eine der oberen Etagen und gingen über einen schwach beleuchteten Gang, von dem zu beiden Seiten graue Bürotüren in die jeweiligen Büros führten, bis wir vor einer dieser grauen Türen zum Stehen kamen. Parth öffnete und rief durch eine geöffnete Zwischentür ein paar Worte der Begrüßung in den Nebenraum.

„Wir werden Sie jetzt erkennungsdienstlich behandeln", sagte er zu mir.

Wir saßen an seinem Schreibtisch. Der Monitor nahm fast die gesamte Fläche des engen Arbeitsplatzes ein. Auf einem weiteren Tisch, hinten beim Fenster, stapelten sich Aktenberge. Alles in Griffweite. Mit einem Mal kam mir mein eigenes kleines Büro groß wie eine texanische Ranch vor.

„Ich werde jede Aussage verweigern", sagte ich betont emotionslos.

„Das können Sie halten, wie Sie wollen", kam es ebenso ruhig zurück. „Aber ein wenig DNA brauche ich von Ihnen. Sie können Sie mir freiwillig geben, danach können Sie gehen oder wir warten auf den richterlichen Beschluss, dann sind Sie wohl einige Zeit unser Gast."

„Wozu?“, fragte ich.

„Weil wir sie mit den anderen Spuren abgleichen wollen. Da, wo wir Maria Schneider gefunden haben, waren leider kaum brauchbare Spuren vorhanden, aber wir haben in der Hotelgarage das Auto des Opfers gefunden. Und wenn sich dort Ihre DNA befindet, dann haben Sie wohl einiges zu erklären.“

Ich ließ mich in die Sessellehne fallen und sagte gespielt mürrisch: „Na gut. Soll ich Ihnen auf den Tisch wichsen oder wie darf ich sie liefern?“

„Ihr Sperma können Sie behalten, aber wenn Sie bitte den Mund öffnen.“

Er hatte Handschuhe aus Latex übergestreift und holte aus einem Gefäß eine Spatel, mit der er über meinen Gaumen strich. Es kitzelte. Ich ließ die Prozedur mit Leichtigkeit über mich ergehen. Offenbar hatte der Löschschaum seine Aufgabe erfüllt, und selbst wenn ich nicht alle Details des Abends mit Schneewittchen memorieren konnte, an die Taxifahrt konnte ich mich noch erinnern. Ergo würden von mir keine Spuren in Maria Schneiders Wagen zu finden sein. Aber ganz dunkel konnte ich mich jetzt an die Garage erinnern. Hoffentlich war ich nicht doch zu ihrem Auto gegangen.

Ich musste noch einige Erklärungen unterschreiben, dann erhob ich mich und sagte: „Wenn das dann alles war, kann ich ja gehen.“

Parth setzte eine gelangweilte Miene auf, doch am Horizont seines breiten Gesichts zog der Streifen eines sich ankündigenden Lächelns auf. Er streckte die Hand aus. „Ihr Handy noch, bitte“, sagte er.

„Mein Handy? Wozu?“

„Reine Routine“, antwortete er. „Sie haben vorhin Ihre Einwilligung gegeben.“

Er deutete auf die Zettel, die ich vorhin unterschrieben hatte. Ich machte einen Knoten in meine Zunge. Natürlich hatte er mich hereingelegt. Aber nichts wäre peinlicher für einen Anwalt, als die Behauptung aufzustellen, er hätte nicht genau gelesen, was er unterfertigt hatte. Parth wusste, dass er mich erwischt hatte, und er schien den Moment auszukosten. Er blickte drein wie ein Heizdeckenverkäufer, der späte Rache am pensionierten Sparkassendirektor nimmt, weil ihm der vor Jahren den Kredit für sein Start-up versagt hat, weswegen er jetzt seinen Lebensunterhalt in dem klapprigen, versifften Bus im slowakischen Grenzgebiet bestreiten muss.

Seinem süffisanten Grinsen nach hatte ich eben alle Heizdecken aufgekauft. Ich griff in meine Innentasche und holte das Telefon heraus. Dabei dachte ich an die Anweisung, die ich allen meinen Klienten ständig eintrichterte: Niemals verfängliche Dinge per SMS oder Mail mitteilen. Alles, was einen in den Bau bringen kann, nur mündlich, und das am besten von Ohr zu Ohr. Denn eine Leitung lässt sich im Nachhinein nicht anzapfen, ein Server, auf dem SMS und Mails liegen, aber jederzeit, selbst wenn sie schon lange gelöscht sind. Wie heißt es doch so schön: Das Internet vergisst nie. Und ich hoffte, dass ich meinen eigenen Rat auch beherzigt hatte. An die Fotos von Treus Computerbildschirm dachte ich im Moment nicht.

„Wenn das alles ist“, sagte ich.

Parth nickte. Ich drehte mich um und griff nach der Türschnalle. Und in dem gleichen Augenblick zog mir jemand den Boden unter den Füßen weg.

13.

Licht kam auf mich zu. Da war kein Tunnel, durch den ich gehen musste. Das Licht blendete einfach in meinen Augen und ich hörte Stimmen.

„Reflexe vorhanden. Pupillen stark vergrößert."

Mein Kopf schmerzte wie nach einem russischen Polterabend. Konnte gut sein, dass mein Schädel entzweigegangen war und dass die beiden Hälften jetzt nicht mehr zusammengingen, jedenfalls fühlte es sich oberhalb von meinem Hals verschoben an. Irgendetwas drückte auch dagegen. Ein sanftes Rütteln ging durch meinen Körper, der auf einer Liege fixiert war. Ich konnte meine Hände nicht bewegen.

„Können Sie mich hören?"

Ich versuchte die Quelle des Schalls zu lokalisieren. Ein Gesicht war plötzlich nah an meinem. Es war jung und männlich mit Brille auf der kleinen Nase. Ich sah den weißen Kittel. Das Sprechen wollte mir nicht gelingen, also nickte ich nur, was allerdings schmerzte.

Eine Kanüle steckte in meiner linken Vene in der Armbeuge und ich fragte mich, was ich jetzt wieder angestellt hatte. Nach und nach erkannte ich die Inneneinrichtung des Rettungswagens, der zügig, aber ohne Martinshorn fuhr. Offenbar war ich jetzt doch kein so dringender Notfall. Der Arzt beugte sich wieder vor.

„Sie waren ohnmächtig. Können Sie sich daran erinnern?"

Idiot!, dachte ich. Wie sollte man sich denn an eine Ohnmacht erinnern können? Der Arzt war vielleicht doch nur ein Sanitäter oder er befand sich in der Ausbildung und ich war sein Versuchskaninchen.

„Sie sind zusammengesackt und dabei mit dem Kopf auf die Tischplatte gestoßen und jetzt haben Sie eine ordentliche Gehirnerschütterung. Können Sie sich daran erinnern, was davor war?"

Ach so, das hatte der Typ vorhin gemeint. Langsam kamen die letzten Bilder vor dem Blackout zurück.

Ich stand in dem Büro des Polizisten, dessen Namen mir aber nicht einfiel. Er hatte mich mitgenommen. Ja, da war vorher die Leiche von Maximilian Treu. In dessen Agentur. Und dann entsann ich mich des Moments, als ich in der gleichen Situation war wie jetzt, als ich aufwachte und mir jemand Fragen stellte. Stimmt, ich war heute Vormittag schon mal zusammengeschlagen worden. Mein Schädel ist zwar hart und hält einiges aus. Das mochte mit den Schlägen meines Vaters zusammenhängen, wenn ich eine Zahl aus der Primzahlenreihe vergessen hatte und er mir eine klebte. Aber in so kurzer Abfolge war das sogar für meinen Hirnknochen zu viel.

„Ja“, sagte ich.

Es kam zwar schwach, aber immerhin, mein Sprachzentrum funktionierte noch. Gut so, denn ein Anwalt verdient das meiste Geld mit seiner großen Klappe.

„Wo fahren wir hin?“, fragte ich.

„Wir bringen Sie ins Allgemeine Krankenhaus. Dort wird man dann weitersehen. Aber ich denke, ein paar Tage werden Sie dort bleiben. Je nachdem, was die Untersuchungen bringen.“

Jetzt war meine Erinnerung vollständig zurückgekehrt. Parth, so hieß der etwas schmierige Polizist, hatte mein Handy konfisziert und schickte wohl gerade meine DNA-Probe ins Labor. Eddie würde versuchen mich zu kontaktieren, weil er jetzt dann wohl die Daten von Marias Computer hatte. Ich musste Dragana fragen, wieweit der an die Lockvogelagentur erteilte Auftrag noch galt. Der Chef war ja tot. Ich versuchte mich aufzurichten.

„Nein, das geht nicht“, sagte ich. „Ich habe einige wichtige Dinge zu erledigen. Verstehen Sie? Dinge, die keinen Aufschub dulden.“

Der Arzt drückte meinen Körper sanft nieder und sprach in dem Tonfall, mit dem man normalerweise mit Kleinkindern spricht: „Jetzt beruhigen Sie sich bitte wieder. Jetzt geht es um

Sie. Jetzt müssen Sie sich die Zeit geben, wieder gesund zu werden. Das ist wichtiger als alles andere.“

Wahrscheinlich hätte ich an dieser Stelle nur verständig zu nicken brauchen. Und dann, wenn der Krankenwagen vor dem Spitalseingang hielt, einfach aus dem Wagen steigen und abhauen. Doch ich begann mich zu sträuben.

„Ich bin Anwalt“, sagte ich, „lassen Sie mich sofort gehen, sonst krieg ich Sie wegen Freiheitsentzugs dran.“

Und ich strampelte mit den Beinen in der Hoffnung, dass sich davon die Gurte lockerten, und ich versuchte die Fixierung mit der Hand zu lösen. Der Blick des Arztes verhärtete sich.

„Gustel, schnell!“, rief er nach hinten und der Gustel kam. Gustel, das Kastel. Der Typ mit den breiten Schultern und der Fleischhauervisage war der typische Pfleger, der für die Arbeit im Irrenhaus prädestiniert war, wenn es darum ging, Patienten Elektroschocks oder kalte Duschen zu verpassen. Ich fühlte mich wie in einen Schraubstock eingespannt, als er mich auf die Liege drückte. Fixieren im Fachjargon. Und dann kam das Zeugs, um mich zu stabilisieren. Im Hintergrund zog der Doktor eine Spritze auf, die er mir einige Sekunden später injizierte. Eine wohlige Wärme flutete meinen Körper, und auch wenn ich mich dagegen sträubte, fielen mir bald darauf die Augen zu.

Neonlicht, glanzbeschichtete Möbel und blanke Böden. Ein Fenster hinter einem Vorhang, der sich im Luftzug leicht hob. Das war der erste Blick von meinem Spitalsbett aus. Jemand musste mich ausgezogen und in dieses Bett verfrachtet haben. Mein erster Impuls bestand darin, nach der Schwester zu klingeln, mein zweiter hieß mich aber abzuwarten und mich zu orientieren.

„Gudn Morgen“, kam es vom Bett neben mir.

Ich musste mich etwas aufrichten, um nach der Quelle der Begrüßung Ausschau halten zu können. Ich stellte fest, dass ich in keiner Form an das Bett gefesselt war und mich frei bewegen konnte. Auch die Kanüle in meiner Armbeuge war derzeit ohne Versorgung. Einzig der Kopf war dick verbunden. Ich setzte mich im Bett auf und blickte zu meinem Nachbarn. Ich blickte in ein schlaffes Gesicht, in dem einzelne graue Bartstoppeln offenbar unter Artenschutz standen. Die Stirn war flach und kahl, die wenigen Haarbüschel am Hinterkopf ragten in die Höhe wie das Schilf am Neusiedlersee. Er hatte gemütliche Augen und schien der am wenigsten gefährliche Mensch in diesem Raum zu sein. Doch in dem Punkt sollte ich mich getäuscht haben.

Ich fragte: „Wo sind wir hier?"

„In der Internen im AKH. Mir haben die grad die Galle entfernt. Und was fehlt jetzt Ihnen?"

„Nichts, und daher werde ich jetzt gehen. Welcher ist denn Ihr Kasten?"

„Ihre Sachen sind in dem da links, aber Sie müssen doch zuerst den Arzt abwarten. Ich hab grad der Schwester geläutet. Die haben mir g'sagt, ich soll das tun. Immerhin haben Sie seit gestern Nachmittag durchgeschlafen."

Im Geiste sah ich, wie ich mit seinem Kopf meinen Spind aufbrach, doch da öffnete sich auch schon die Tür und der nächste Weißkittel stürmte in Plastikschlapfen und wehendem Mantel in den Raum.

„Na, fein", konstatierte er. „Jetzt sind Sie zum Glück wieder wach. Naja, die war vielleicht ein wenig stark die Dosis von meinem jungen Kollegen. Mein Name ist Heinz Moser und ich bin hier der Oberarzt. Und nun zu Ihnen, wie geht es Ihnen heute?"

Der Mann nuschelte und ich war sicher, er genoss es. Heinz Moser klang wie Hans Moser und der sprach wie er. Ein nostalgischer Kontrapunkt zu seiner sonst zeitgemäßen Erscheinung. Zu viele Nachtdienste hatten Spuren unter den Augen hinterlassen, ansonsten entsprach er dem Klischee: schlank, trainiert, Brille mit zartem Gestell in Gelbgold, rosafarbenes Markenshirt, Rolex Daytona am Handgelenk und ständig gehetzter Eindruck.

„Ich vermute, Sie wissen besser als ich selbst, wie es mir geht", sagte ich. „Aber ich fühle mich so weit wieder okay, dass ich jetzt nach Hause gehen werde."

Der Arzt hob seine Hand, als wollte er mich physisch aufhalten. Er sagte: „Nun mal langsam mit den jungen Pferden! Sie kamen mit einem Schädel-Hirn-Trauma zu uns, hervorgerufen von einem Sturz, der wiederum durch eine Ohnmacht ausgelöst wurde. Den ersten Untersuchungen nach, die wir noch in der Notaufnahme gemacht haben, scheint Ihr Herz soweit gesund zu sein. Aber ich will noch ein paar Untersuchungen machen. Passiert Ihnen das in letzter Zeit öfter? Ich meine, dass Sie Probleme mit dem Kreislauf haben oder das Bewusstsein verlieren?"

Ich kann nicht sagen, warum ich bei dieser Frage nicht wie sonst auch log. Vielleicht hatte ich wirklich Angst um mein Leben, aber nach wenigen Minuten hatte ich mich mit Oberarzt Moser darauf verständigt, bis über das Wochenende im Spital zu bleiben, damit man dort noch ein paar weitere Untersuchungen machte. Ich wog den drohenden Zeitverlust in meinen Ermittlungen gegen den drohenden Lebensverlust ab und erkannte, dass ein paar Tage doch kein zu hoher Preis dafür waren. Moser lächelte zufrieden, nachdem er mich zur Räson gebracht hatte.

„Sie werden sehen, nach ein paar Tests und einer neurologischen Untersuchung haben wir bald Klarheit."

Dann war er aus dem Raum. Ich hatte das Gespräch noch nicht einmal ansatzweise verdaut, als es von nebenan tönte:

„Na super, dass Sie dableiben, dann hab ich jetzt eine Ansprache, ich bin übrigens der Kurti."

Ich wusste, dass ich das Potenzial zum Mörder in mir trug. Und Menschen wie Kurti waren in der Lage, die Hypothese zum realen Fallbeispiel der Kriminalistik werden zu lassen. Umgekehrt wusste ich dafür nicht, was ich als Nächstes tun sollte. Zumindest musste ich versuchen, den Lauf der Dinge zu stoppen.

Ich suchte nach einem Münzfernsprecher, den ich in der großen Eingangshalle fand. Dort herrschte ein derartiges Treiben, dass ich unbemerkt einen Waffendeal mit dem Iran hätte durchziehen können. Patienten in Bademänteln und Schlapfen zogen ebenso vorbei wie Besucher mit besorgten Gesichtern oder unten im Laden besorgten Blumensträußen. Dazwischen Ärzte, deren Schritte und Habitus die Selbstverständlichkeit verströmten, Teil des Betriebs ohne persönliche Betroffenheit zu sein. Ich rief Dragana in der Kanzlei an, doch sie hob nicht ab. Ich ärgerte mich, weil ich mich fragte, wo sie sich für das Geld, das ich ihr unregelmäßig zahlte, herumtrieb. Dragana war eine der wenigen Personen, von denen ich sogar die Handynummer auswendig kannte. Ich tippte die Ziffernfolge ein und nach kurzem Freizeichen hob sie ab.

Sie schnaufte nur ein schnelles „Ja?“ in den Hörer.

„Wo bist du?“, fragte ich.

„Du bist gut. Das müsste ich eigentlich dich fragen. Du hast jede Menge Termine und ich kann dich seit gestern nicht erreichen.“

Ich erklärte ihr meine Situation und nach einer Schrecksekunde, die sie brauchte, um das zu verdauen, gab ich ihr die nötigen Anweisungen. Zum Glück hatte ich sie mit einem Ausweis ausgestattet, der es ihr erlaubte, für mich einzuschreiten. Dass ich sie dabei zur Akademikerin hatte machen müssen, war nicht meine schlimmste Sünde. Und sie musste Eddies Nummer suchen und ihm auftragen, dass er auf Tauchstation bleiben musste, bis ich wieder einsatzfähig war. Ich versprach ihr, mich wieder zu melden.

„Was ist eigentlich mit deinem Handy?“, fragte Dragana.

„Das hat die Polizei.“

„Scheiße.“

Selten ließ sich eine Situation so einfach mit einem einzigen Wort beschreiben.

Ich wollte mir nach dem Telefonat noch die Beine vertreten und ging vor den Eingang, wo ich den Menschen beim Rauchen zusah. Ich zählte die wie bei einem Lagerfeuer um die Aschenbecher verteilten Personen und rechnete hoch, wie viele Zigaretten hier wohl in der Stunde und letztlich den ganzen Tag geraucht wurden. Ich berücksichtigte Schwankungen der Tageszeit, erhöhte die Variable für die Spitzenzeiten wie den Elf-Uhr-Kaffee und die Mittagspause und zog ein entsprechendes Quantum für die Abendstunden und die Nacht ab, wenn der Hauptausgang geschlossen war. 6800 Stück, Nebeneingänge nicht berücksichtigt, waren eine beachtliche Zahl, das schaffte nicht einmal ein Nachtlokal. Jemand hielt mir eine Packung entgehen und bot mir eine Zigarette an. Ich lehnte ab und kehrte zurück. Am Weg dachte ich mir, dass es eigentlich gar nicht so schlecht war, hier ein paar Tage „Auszeit“ zu haben.

Als ich in mein Zimmer zurückkehrte, schien Kurti schon vor Ungeduld nach mir zu vergehen. Jetzt konnte er endlich seinem Bedürfnis, sich mir mitzuteilen, nachkommen.

„Sie haben Besuch. Da kann es jemand kaum erwarten, Sie zu sehen. Es ist ein Mann.“

Er zog die Lippen hoch und legte damit die obere gleichförmige Zahnreihe made in Ungarn frei. Er sah aus wie eine der Jahrmarktfiguren, denen man für ein paar Münzen eine verpassen durfte. Ich suchte vergeblich den Schlitz für den Münzeinwurf.

„Und wo ist dieser Besuch?“, fragte ich, der Raum war, von uns abgesehen, leer.

„Ich glaub, der wartet draußen, hat er gesagt.“

Ich nickte und drehte um.

„Viel Vergnügen“, rief er mir nach und kniff dabei sein rechtes Auge zusammen.

Ich schüttelte den Kopf und fragte mich, wer mich da wohl sehen wollte. Vielleicht war es Eddie. Ich ging vor zur Leitstelle. Gleich daneben gab es einen Raum für Besucher. Dort befand sich ein Fernseher und es standen Getränke wie Tee oder Wasser auf einem Büffet. Ich erkannte Parth aufgrund seiner Schnittlauchlocken bereits durch die Glasscheibe. Ich blieb wie angewurzelt stehen, weil ich im ersten Moment dachte, er war gekommen, mich zu verhaften. Doch als auch er mich durch die Scheibe entdeckte, winkte er mich mit einem beinahe freundlichen Gesicht zu sich herein. Ich betrat den Raum. Der Fernseher war an, doch außer Parth war niemand im Raum. Ich suchte den Knopf, um den Apparat auszuschalten, doch Parth meinte, der würde nicht stören. Wir setzten uns, während ein Moderator mit Begeisterung über den Rückschnitt blühender Gartenhecken berichtete.

„Ich dachte mir, ich sehe mal, wie es Ihnen so geht", eröffnete Parth das Gespräch.

„Eigentlich ganz gut, aber ich muss noch ein paar Tage bleiben. Außerdem werden die mich hier ohne Ihr Einverständnis wohl nicht gehen lassen."

Erst jetzt wurde mir bewusst, dass vor meinem Zimmer gar keine Wache postiert war, wie man das aus Fernsehkrimis kennt. Parth schien ernsthaft erstaunt.

Er sagte: „Sie sind ein freier Mensch. Ich weiß nicht, wie Sie darauf kommen. Übrigens, hier Ihr Handy. Hat dauernd geklingelt. Immer die zwei gleichen Nummern."

Ich nahm es entgegen und hoffte, dass eine davon nicht die von Eddie war.

„Ihre Kanzlei und ihre Mutter." Er lächelte entschuldigend. „Wir müssen so etwas prüfen."

Ich hatte keine Ahnung, dass meine Mutter schon zurück war, und zugleich fiel mir ein, dass ich bei meinem Bruder noch nicht nachgefragt hatte, ob er Vater besucht hatte. An Parth richtete ich eine Frage: „Wissen Sie schon Näheres bezüglich Maximilian Treu?

„Ich warte auf das Labor. Und die Sekretärin konnten wir erst heute befragen. Wobei ich das Gefühl nicht loswerde, dass sie uns irgendwie darauf stoßen will, in der Agentur wären einige Dinge nicht ganz sauber abgelaufen, aber ich weiß jetzt nicht, warum ich Ihnen das erzähle. Ich wollte Ihnen nur das Handy bringen. Ich kann mir denken, dass Sie es hier brauchen werden können. Vor allem bei dem Zimmerkollegen."

„Was ist mit dem?", fragte ich.

„Ein selten penetranter Kerl."

Ich sagte: „Wer den erschlägt, bekommt mildernde Umstände."

„Ich ließe das als Notwehr durchgehen", sagte Parth und tatsächlich bog sich sein Schnauzer zu einem Lächeln. Doch für Sympathie war es noch zu früh.

Ich fragte: „Was haben Sie ihm eigentlich gesagt, wer Sie sind?"

„Na, dass ich Ihr Partner bin. Ich musste ihm ja nicht auf die Nase binden, dass ich von der Polizei bin. Sie sind ja Anwalt, da ist ein Partner doch völlig normal."

Er hob die Hand zum Gruß und verließ den Raum. Er entfernte sich am Gang in Richtung Aufzug. Kurti wusste nicht, dass ich Anwalt bin, und er hat den Begriff Partner seiner eigenen geistigen Beengtheit zufolge wohl einseitig ausgelegt.

„Schön gewesen mit Ihrem Freund?", fragte er mich, als ich ins Zimmer kam. „Die haben da hinten am Gang ein großes Badezimmer für die Patienten. Ich meine, wenn Sie sich das nächste Mal zurückziehen wollen."

Lüsterne Neugier blitzte aus seinen Schweinsäuglein. Vielleicht, blitzte ein böser Gedanke in mir auf, sollte ich ihn in den Arsch ficken, damit er sich bestätigt sah und keine weiteren Anspielungen mehr machte. Ich beschränkte mich darauf, ihm dies anzudrohen. Diese Drohung unterstrich ich, indem ich ihm den Schlauch seines Katheters um den Hals wickelte. Sein Urin spritzte durch den Raum und sein Gesicht lief blau an. Seine Beine strampelten und er warf den Galgen, an dem sein Tropf hing, um. Das Gestänge fiel krachend gegen den Kasten und riss eine Vase vom Tisch hinunter. Kurti keuchte wie eine ausrangierte Lok über den Semmering und ich ließ erst von ihm ab, als sich seine Augen knapp vor einer Ohnmacht verdrehten. Ich legte seine Hände um die Schläuche, dann klingelte ich nach der Schwester und lief auf den Gang. Aufgeregt rief ich um Hilfe: „Helfen Sie mir, schnell!" Eine Schwester und ein Pfleger stürzten zugleich zu mir. Vor Aufregung hyperventlierend sagte ich zu Ihnen: „Mein Zimmernachbar hat eben versucht, sich umzubringen!"

Dann war ich Kurti los. Sie brachten ihn noch am selben Vormittag in die Psychiatrie. Da ich das Zimmer nun für mich allein hatte, konnte ich in Ruhe meine Telefonate führen. Das mit Dragana war erledigt, also blieb das mit meiner Mutter.

„Du! Endlich! Ich kann nicht mal für ein paar Tage wegfahren, ohne dass hier alles aus den Fugen gerät", fuhr sie mich an, ohne irgendeine Begrüßung wie unter normalen Menschen. Aber die Blutsverwandtschaft hatte jegliche Höflichkeit aufgesaugt wie Löschsand einen Ölfleck.

„Ich …", setzte ich an, doch Mutter unterbrach mich sogleich: „Ich, ich, ich. Das ist typisch, wenn man Kinder in die Welt setzt. Die denken dann immer nur an sich. Wieso war gestern und heute niemand bei Papa? Ich hab dich doch gebeten, dich um ihn zu kümmern. Wenigstens die paar Tage. Das ist doch nicht zu viel verlangt?"

Dieser Arsch von Sinus, schoss es mir ein. „Nein, ich war ja auch bei ihm. Und wenn Sinus sich an nichts halten kann, dann ..."

„Jetzt putz dich nicht wieder an deinem älteren Bruder ab. Auch das kann ich nicht mehr hören."

Ich versuchte zu erklären, dass ich einiges zu tun und mit meinem Bruder die Besuche abgesprochen hätte. Außerdem …

„Außerdem?", fragte sie nach.

„Außerdem bin ich im Spital, ich kann da jetzt nicht weg."

„Im Spital?", sie fragte das mit dem Tonfall, den sie sonst anschlug, wenn der Kellner eine ihrem Dafürhalten überhöhte Rechnung brachte. Doch dann brach der Mutterdamm und sie wechselte den Tonfall.

„Mein Liebling!“, kam es zunächst. „Ja, um Gottes Willen, ist dir was passiert? Sag mir, dass es nichts Ernstes ist. Wo bist du? Wann kann ich vorbeikommen?“

Diese besorgten Fragen hämmerten noch die nächsten zwei, drei Minuten auf mich ein. Gefühlte Stunden. Dann hatte ich ihr alles erklärt und sie so weit informiert, dass sie für eine halbe Minute den Mund hielt und versprach, mich am nächsten Tag zu besuchen. Und auch, dass sie sofort in meine Wohnung ginge.

„Warum denn das?“, fragte ich entgeistert.

„Jemand muss doch die Katze füttern“, sagte sie.

„Aber Mama, die Katze hattest doch du!“

„Stimmt auch“, pflichtete sie mir bei und ich wollte den Arzt bei der nächsten Visite fragen, ob oftmaliger Kontakt mit dementen Menschen abfärben kann. Doch dann schloss sie das Gespräch damit, dass jemand nach dem Rechten sehen müsse. Eine Drohung, die einen dissonanten Nachhall hatte.

Nach dem Abendessen fand ich Zeit, mich mit den bisherigen Ergebnissen meiner Ermittlungen auseinanderzusetzen. Ich nahm das Smartphone und wollte mir die von Marias Berichten gemachten Fotos ansehen, doch das letzte Foto zeigte mich und einen anderen Anwalt in launiger Runde an einer Bar. Vor uns leere Gläser, wir dafür ordentlich abgefüllt, wie am Glanz unserer Augen zu erkennen war. Ich war bei einem dieser Seminare gewesen, wo es am Abend Zeit für „Networking“ gab, das meist darin bestand, dass man sich hemmungslos betrank. Ich konnte mich gar nicht erinnern, das Foto gemacht zu haben, ein weiterer Kollege musste es mit meinem Handy geschossen haben.

Mehr wunderte ich mich jedoch über den Umstand, dass die Ergebnisse meiner Recherche neben der Leiche von Treu verschwunden waren. Parth musste sie gelöscht haben. Das schien mir die naheliegendste Erklärung zu sein. Doch warum hatte er davon nichts gesagt, wo er doch auch sonst ganz gern jeden seiner Schritte mitteilte?

Also dann nur aus meiner Erinnerung: Ich hatte zwei Leichen. Beide hatte ich als Erster gefunden. Beide waren mit Heftklammern traktiert worden. Beide waren über ihren Job miteinander verbunden. Diese Fakten brachten eine mathematisch ausreichend hohe Koinzidenz, dass die beiden Morde zusammenhingen. Ich hatte bislang mit drei Leuten über den Mord an Maria Schneider reden können. Einer davon war tot. Ich erwog die Möglichkeit, dass Treu es war, der Maria umgebracht hatte und dann aus Rache selbst getötet worden war. Das schien mir aber nicht realistisch, außerdem warum dann die Zunge am Kalender festtackern? Das schien mir eine Botschaft zu sein, für immer schweigen zu müssen, und dies auch der Welt zu zeigen. Seht her, der quatscht nicht mehr!

Und Schneewittchen? Ihr die Vagina zu versiegeln, war dahingehend zu verstehen, dass man ihr die Falle, mit der sie die Opfer gelockt hatte, nehmen wollte. Da hatte sich jemand etwas – wenn auch nicht sehr Originelles – überlegt. Das entlastete für mich Clara Bonacci. Die mochte wohl impulsiv genug sein, jemanden aus Eifersucht zu töten, aber sie würde das wohl spontan, aus einem Moment aufgewühlter Emotion heraus tun.

Und Sigurd Renko? Der war wohl ganz unten auf der Liste. Der hatte ja nicht einmal Kontakt mit Maria gehabt. Außerdem ein Alibi, das mir glaubwürdig schien. Dummerweise war dieses Alibi auch sein großes Geheimnis und er hatte mich gebeten, es für mich zu behalten. Ich war ihm im Wort. Aber man durfte nicht vergessen, dass Leute wie Renko ihre Handlanger hatten. Menschen, die ihnen zuarbeiteten und die, wenn es nötig war, auch die Drecksarbeit erledigten.

In meinen geistigen Notizen machte ich ein großes Fragezeichen. Denn am wahrscheinlichsten war noch immer die These, dass ein hereingelegtes Opfer Rache genommen hatte. Das erweiterte den Kreis der möglichen Täter ungemein. Wenn ich nur diese Handy-Fotos hätte! Ich musste abwarten, was Eddie aus Marias Computer herausfiltern konnte.

Am nächsten Tag ließ ich mir von Dragana Kleidung schicken. Ich hatte es satt, wie ein Schreckgespenst mit dem Spitalshemd über die Gänge zu spuken. Es gibt schönere Anblicke als meinen nackten Arsch, der bei diesen Dingern hinten heraussticht wie das Bremslicht eines schwarzen Camaro.

14.

Am folgenden Montag wurde ich nach einigen Untersuchungen mit einer Diagnose entlassen, mit der ich wenig anfangen konnte. Man hatte mir Blut abgenommen, mich in Röhren geschoben, verkabelt und ausgefragt. Alles mit dem Ziel, den Auslöser meiner plötzlichen Ohnmachtsanfälle zu finden. Man hatte mich an Armen und Beinen in eine Vorrichtung gespannt, in der ich aussehen musste wie der Delinquent einer mittelalterlichen Criminalitätsordnung, den man auf ein Rad geflochten hatte. Schon in den Rechtsgeschichte-Vorlesungen hatte ich am menschlichen Fortschritt gezweifelt, wenn der lediglich darin bestand, anstelle des antiken Kreuzes das Rad für die Tötung erfunden zu haben.

Die modernen Folterknechte im weißen Kittel schafften es mit diesem Kipptisch tatsächlich, eine Ohnmacht zu provozieren. Ich brach zusammen wie ein sozialistisches Monument nach dem Fall der Berliner Mauer. Danach schien es für die Ärzte festzustehen: Es war POTS. Posturales orthostatisches Tachykardiesyndrom, eine Umschreibung für plötzlich ansteigende Herzfrequenz mit dabei auftretenden Ohnmachten, die sich pathologisch nicht genau erklären ließen. Und gegen die es eigentlich keine wirkliche Therapie gab. Ich hatte also nicht wirklich gewonnen, außer dass ich mich damit bei einer Vernissage hätte wichtig machen können, um all die Leutchen, die an neumodischen Unverträglichkeiten litten oder knapp vor oder nach einem Burn-out standen, für zwei Minuten zu beeindrucken. WOW! POTS, das habe ich noch nie gehört!

Kommt doch her, ihr Spinner, hier findet ihr euren Meister.

Als ich mich bei der Leitstelle von „meinen" beiden Schwestern Sonja und Herta verabschieden wollte, lehnte ein feister Kerl am Pult, der mit Schwester Sonja schäkerte. Ich kannte den Mann, dessen Bauch über seinen Hosengürtel hing. Die Ohren waren klein und standen dennoch ab. Auf die Frage, ob sie ihm ein Taxi rufen solle, winkte der Mann, der bislang selbst am meisten über seine Witze gelacht hatte, dankend ab und sagte: „Nein, danke, aber ich bin mit dem eigenen Auto da." Gleich ums Eck habe er, so seine Worte, einen feinen Parkplatz gefunden. Ich erkannte den Kerl. Wir waren uns beim Volksgarten begegnet. Während ich einen Strafzettel bekommen hatte, konnte er anscheinend tagelang in allen Kurzparkzonen Wiens sanktionslos stehen bleiben.

Als er endlich abgebogen war, fragte ich Schwester Sonja: „Entschuldigen Sie, aber das ist doch dieser Politiker?"

Sonja nickte. „Ja", sagte sie, „Hans Norbert Brache, der Bezirksrat aus Favoriten."

„Komisch", sagte ich, „dass der hier wohnt."

„Wie kommen Sie denn darauf?", entgegnete die Krankenschwester, die einen Blick auf den vor ihr liegenden Entlassungsakt warf, „er wohnt in einem anderen Bezirk, aber mehr darf ich Ihnen natürlich nicht sagen."

„Schon klar", sagte ich. „Er war ja auch nur kurz hier."

„Wieso? Der ist am Tag nach Ihnen aufgenommen worden."

Ich bedankte mich für alles und wunderte mich, mit welcher Chuzpe dieser Lokalpolitiker offenbar überall die öffentlichen Parkplätze verwenden konnte, ohne dafür zu bezahlen und ohne deswegen die üblichen Strafzettel zu bekommen. Hans Norbert Brache, sagte ich zu mir, irgendetwas ist da faul, in deinem Staate Favoriten.

Ich kam mit dem Taxi bei mir zu Hause an. Dort warteten zwei wenig erfreuliche Überraschungen auf mich. Ich betrat das Stiegenhaus. Am Lift hing mal wieder das Schild „Außer Betrieb" und ich war wenig erfreut, die sechs Stockwerke zu Fuß erklimmen zu müssen. Aber Stiegensteigen macht das Hirn frei, sagte ich mir. Ich ging den Tagesplan durch. Eddie hatte ich bereits unterwegs kontaktiert, der würde bald hier sein.

Dann würde ich in die Kanzlei fahren, das Nötigste erledigen und dann nochmals in die Agentur schauen. Mich interessierte, ob die nun geschlossen war oder ob sich der Verwaltungsbetrieb allein aufrechterhalten konnte. Schien mir schwierig, denn es war ja vom Büro nur die Sekretärin übrig. Und mit Dragana würde ich auch ein ernstes Wort reden müssen. Als ich so in meine Gedanken versunken war, merkte ich gar nicht den Schatten, der sich von der Wand im Zwischenstock löste.

„Cosinus Gauß?", fragte plötzlich jemand hinter mir. Er hatte einen leichten Akzent, doch ich hätte mich besser nicht auf dieses unwichtige Detail konzentrieren und wie gewohnt die Frage nach meiner Person verneinen sollen. Klienten erwarteten einen nicht in dunklen Stiegenhäusern und die, die es taten, wollte man besser nicht treffen. Doch ich war zu abgelenkt, und kaum dass ich ein kurzes „Ja" gesagt hatte, landete eine Faust in meinem Magen. Mir blieb die Luft weg und ich ließ die Tragetasche fallen, in die ich meine Wäsche gepackt hatte. Ich sackte in die Knie und schloss die Augen. Ich rechnete mit einem weiteren Schlag in meine Eingeweide und spannte meine wenigen Muskeln an. Doch der finale Knock-out fand nicht statt. Eine Hand wedelte mir vor dem Gesicht.

„He, du, schau mich an, wenn ich red' mit dir."

Der Schläger trat an mich heran und ich blinzelte ihn an. Er hatte an den Schläfen rasierte Haare – man konnte die Kopfhaut sehen – und in der Mitte einen dunklen, lockigen Schopf. Er trug Jogginghosen von Puma und ein enges Boxershirt, das seine breiten Schultern, die eines Boxers eben, betonte. Auf einem der bizepsbestückten Oberarme hatte er einen Armreifen tätowiert. Ich kannte das integrierte Symbol. Wahrscheinlich das Clanzeichen. Ratko! Ich würde wirklich ein ernstes Wort mit Dragana reden müssen.

„Schickt dich Ratko?", fragte ich.

Er antwortete mit einem nach oben gedrehten Daumen, ehe

er sagte: „Du hast letzte Woche nicht gezahlt, ich bin die Mahnung“ und er drehte seine Faust in der Luft.

Ich rappelte mich auf und fuhr ihn entrüstet an: „Erstens soll Ratko selbst kommen, mir das zu sagen, und zweitens habe ich das Geld erst letzte Woche erhalten. Was will er jetzt schon davon haben?“

„Zinsen.“

„Hör mal, das ist doch lächerlich. Der Zinssatz ist minimal, nur ein Prozent!“

Man musste kein mathematisches Monster zum Vater haben wie ich, um sich die Lappalie auszurechnen, die zum Kapital hinzukam, doch der Schläger sagte: „Ja, aber am Tag.“

Jetzt war klar, ich würde ein sehr ernstes Wort mit Dragana reden müssen. Es konnte nicht angehen, dass ich sie und ihren verbrecherischen Mann deckte, indem ich offiziell ihren Lebensstil mitfinanzierte. Denn auch wenn ich ihr kaum Geld zahlte, in der Buchhaltung war sie ein immenser Kostenfaktor. Vor den Behörden war sie mit einem fürstlichen Gehalt angemeldet, das meine eigenen deklarierten Einkünfte bei Weitem überstieg.

„Das sin’ mindestens hundert in der Woche“, sagte der Typ, der wohl nie ein Klassenzimmer von innen gesehen hatte.

„Dreihundertfünfzig“, sagte ich.

„Eben, sag ich doch.“ Und er zückte ein Messer, das er mir unter die Nase hielt. „Oder soll ich es aus dir herausschneiden?“

Ich fragte mich, ob ich im falschen Film gelandet war. Sollte das nicht in Venedig spielen und statt eines Anwalts einen Kaufmann betreffen? Doch jetzt hatte ich genug.

Ich sagte: „Jetzt pass einmal auf, du dressierter Affe.“ Ich zückte mein Handy und fuchtelte damit vor seiner Nase herum. „Ich habe das Geld schon bezahlt. Ratko hat es gleich abgezogen. Und jetzt rufe ich ihn an, und wenn das ein Alleingang von dir war, dann Gnade dir Gott.“

Ich merkte, wie der Geldeintreiber unsicher wurde und mit welcher Anstrengung er jetzt die verrosteten Rädchen in seinem

Oberstübchen in Gang setzte. Er hatte den Mund offen und die Augen verdreht, als würde er mit Verstopfung beim Stuhlgang sitzen.

„Warte, Aldder", sagte er, „lass es, wir sind heute sowieso fertig. Aber denk dran, Freitag ist Zahltag, da komm ich wieder."

Er drehte ab und lief die Treppen hinunter. Ich wusste nicht, ob ihn die Drohung mit Ratko wirklich vertrieben hatte. Ein dummer, aber übermotivierter Mitarbeiter eines Verbrecherbosses konnte mehr Schaden anrichten als der Capo selbst. Ich packte mich zusammen und tastete die Stelle, an der er mich geschlagen hatte, danach ab, ob sie noch schmerzte.

Ich sperrte die Wohnungstüre auf und merkte sofort, dass jemand hier gewesen sein musste. Leise stellte ich die Tasche ab und hielt den Atem an. Blieb wie vom Blitz getroffen stehen. Angewurzelt. Ich warf die Tür hinter mir ins Schloss. Dann machte ich zaghafte Schritte vorwärts, während meine Blicke durch meine ehemalige Bude wanderten.

Wo ehemals versiffte Gemütlichkeiten einer typischen Junggesellenbude gewesen waren, grinste mir spöttisch ein aufgeräumter Wohnprospekt vom Möbelhaus entgegen. Das Sofa war gemacht, die Decke verschwunden, dafür gab es Polster mit dezentem Blumenmuster. Der Tisch war abgeräumt und poliert, Ich wusste gar nicht mehr, welche Farbe die Tischplatte hatte. War das überhaupt mein Tisch?, fragte ich mich. An den Wänden hingen Kunstdrucke von Aquarellen mit ländlichen Motiven aus Toskana und Provence. Die Flaschen an den Fensterbänken waren durch Nippes ersetzt. Kleine Vasen oder Sukkulenten aus Kunststoff.

Am meisten vermisste ich meine Mösen. Alle Kunstwerke des versauten Vorbesitzers waren verschwunden. Es roch nach frischem Zitronenduft. Wenigstens die verblasste Farbe an den Wänden war noch erhalten, doch in diesem Ensemble wirkte sie beinahe gewollt, so wie sich der Großstädter eben ein Landhaus aus rohen Steinen auf einem sonnenbeschienenen Hügel im Umland von Aix-en-Provence vorstellen würde.

Das größte Problem für mich war, dass ich alles noch so sehen konnte, wie es gewesen war. Fotografisches Gedächtnis. Geprägt von meinem Vater, der mir jede Angabe seiner Rätsel und seiner Aufgaben nur kurz vor die Augen gehalten und mich dann auf mein Zimmer geschickt hatte, die Lösung zu finden. Jedes Detail musste ich mir in Sekundenbruchteilen einprägen. Das hilft mir jetzt im Job. Andere Anwälte müssen nachfragen und sich durch Hunderte Seiten von Protokollen quälen. Ich habe die wesentlichen Fakten sofort parat.

Dennoch oder genau deswegen sehnte ich eine meiner medizinisch diagnostizierten Ohnmachten herbei, doch sie wollte sich partout nicht einstellen. Dafür schmerzte mich der Magen an der Stelle, in die der Gorilla geboxt hatte. Ich brauchte etwas zu trinken. Etwas Starkes. Aber meine Hausbar war durch Deko ersetzt worden. Ich konnte nur an einer Agave aus Plastik nuckeln und dabei auf eine berauschende Wirkung des Formaldehyds im Kunststoff hoffen. Ich holte mein Handy hervor und rief meine Mutter an.

„Na, hast du es schon gesehen? Ist mir die Überraschung gelungen?“, fragte sie.

„Voll und ganz“, sagte ich, ohne dabei zu lügen. „Ich bin sprachlos.“

Attilas Hunnensturm hätte wahrscheinlich weniger Schaden angerichtet als meine Mutter mit ihrer gutmeinenden Art. Aber wie sagt der Volksmund? Gut gemeint ist das Gegenteil von gut. Konnte ich ihr natürlich nicht sagen. Stattdessen bedankte ich mich ganz artig. Ganz der liebe Sohn, und dann beendete ich eilig das Gespräch mit dem Hinweis, dass ich mich noch ein wenig erholen müsse und es an der Türe geläutet hätte.

Hatte es tatsächlich.

Es war Eddie. Er stürmte in die Wohnung und sofort weiter zum Sofa, wo er seinen Laptop aufklappte.

„Ist irgendwie anders“, bemerkte er, „aber ganz gemütlich. Hast du was zum Trinken?“, fragte er.

Ich deutete auf eines der heimeligen Bilder, dessen Motiv auf einem Tisch eine Karaffe und zwei halb gefüllte Gläser mit dunkler Flüssigkeit zeigte.

„Nur hier, den Rest muss ich erst finden.“

Eddie musterte mich mit einem indignierten Bick, bevor er sagte: „Sorry, ist dir eine Laus über die Leber gelaufen oder bist du noch auf den Pillen vom AKH drauf?“

„Du hast sicher die Nummer vom Lieferservice.“

Mehr wollte mir als Replik nicht einfallen. Nicht mein bester Tag, muss ich zugeben.

Der Rechner war hochgefahren und trotz des Geplänkels zeigte mir Eddie, was er am Computer von Schneewittchen gefunden hatte. Wir gingen die Dateien durch und ich wunderte mich über die Produktivität, die Maria Schneider an den Tag gelegt hatte.

Eddie wies mich auf einen besonderen Ordner hin: „Der war gut versteckt und ich kann mir auch vorstellen, warum.“

Ich hatte ja schon einiges gesehen, doch hier blieb auch mir der Mund offen. Maria war klug genug gewesen, um zu wissen, dass ihre Schönheit vergänglich war. Auch ohne die brutale Beendigung ihres Lebens hätte sie ihren Job mit Erfolg vielleicht noch ein paar Jahre ausüben können, bis auch ihr das Alter einen Riegel vorgeschoben hätte. Daher nannte sie den geheimen Ordner ihre Pensionsvorsorge. Mir kamen erste Zweifel, für wen Maria tatsächlich gearbeitet hatte. Zur Bestätigung meiner Vermutung fehlte mir das Gegenstück zu dem, was sich hier dem Betrachter offenbarte, nämlich das, was offiziell an die Agentur gegangen war. Meine Fotos von den Berichten. Doch die waren weg.

„Sag, kannst du gelöschte Fotos wiederherstellen?“, fragte ich Eddie, der meine Frage mit einem Smile quittierte. Ich erzählte von Parth, der mein Handy bearbeitet haben musste.

„Dieser Bulle ist ein Idiot", sagte Eddie. „Die Fotos werden doch auch automatisch in der Cloud gespeichert. Gib mir dein Passwort."

Ich gab es ihm und nach einer Minute ächzte er: „Dieser Bulle ist doch nicht so ein Dolm, wie ich dachte. Er hat sie auch aus der Cloud gelöscht."

Aber immerhin konnte ich meinem Gedächtnis vertrauen. Es hatte mich noch nie im Stich gelassen und ich ging nun die einzelnen Affären durch. Als Eddie nach gut einer Stunde wieder ging, hatte ich weit mehr als eine Spur, der ich nachgehen musste. Und schon wieder tauchte Hans Norbert Brache auf.

Doch zuvor musste ich noch eine Reise antreten.

15.

Am nächsten Morgen buchte ich ein Ticket nach Berlin. Die wenigen Termine in der Kanzlei konnte Dragana auch allein abhandeln, wie schon in den letzten Tagen. Es war Pipifax. Der übliche Kleinscheiß, für den man nicht studiert zu haben brauchte. Einsprüche, um Fristen zu wahren, oder Mandantenbesuche, die mir ohnehin lästig waren. Sollten die das doch meiner Sekretärin erzählen. Dann konnten sie wenigstens auf deren gut befüllte Bluse starren statt in mein unwilliges Gesicht. Es hatte eben auch Vorteile, wenn man nicht gut im Geschäft war. Andere Kollegen verdienten Unsummen, die sie nicht ausgeben konnten, weil sie nicht vom Schreibtisch wegkamen. Die hatten dazu ihre Frauen, deren Existenz sie nur noch auf den Kontoauszügen registrierten. Ich war ledig, lebte vom Geld meiner wenigen Mandanten und hatte dafür Freizeit sowie die Freiheit, am nächsten Tag in den Flieger zu steigen.

Ich besuchte Lisa in ihrer Buchhandlung und sie gab mir neben einem Reiseführer auch einen Thriller mit. Er handelte von brutalen Ritualmorden.

„Wenn du nicht schlafen kannst", sagte sie.

„Wäre es da nicht besser, eine langweiligere Lektüre zur Hand zu nehmen?"

„Die würde bei dir auch nicht nützen. Ich fürchte, du bist der einzige Mensch, den ich nicht mit einem Buch kurieren kann."

Und als hätte Lisa einen ihrer guten Zauber ausgesprochen, fielen mir im Flieger schon nach wenigen Seiten die Augen zu und ich kam eine gute Stunde später erholt am Flughafen Tegel an.

Berliner Bär, Berliner Kindl und Berliner Fernsehturm. Die Wahrzeichen der Stadt begrüßten mich. Ich nahm mir ein Zimmer in einem Hotel mit türkisen Fauteuils unweit des Ku'damms. Dann wählte ich eine Nummer.

„Herr Justus Boning?“, fragte ich, nachdem sich am anderen Ende der Leitung eine schüchterne Stimme gemeldet hatte.

„Ja, worum geht es?“

„Ich müsste Sie sprechen. Können wir uns treffen?“, fragte ich.

„Ich habe keine Zeit“, sagte Boning. „Wenn es um einen Auftrag geht, müssen Sie das mit dem Büro klären.“

„Es geht um Maria Schneider“, sagte ich.

Dann vergingen Sekunden, bevor Boning fragte: „Wer, sagten Sie, sind Sie?“

Ich stellte mich vor und er wollte nur wissen, ob ich, sobald er meine Fragen beantwortet hatte, wieder aus seinem Leben verschwinden würde.

„Wie ein Wimmerl, das man ausdrückt“, sagte ich und erntete nur ein Schnaufen am anderen Ende der Leitung, also erklärte ich dem Deutschen. „Einen Mitesser …“

„Da muss man aufpassen, da können Narben bleiben“, entgegnete Boning auf meinen Vergleich. Aber er schien verstanden zu haben, worauf ich hinauswollte. Daher fragte er: „Wo?“

„Café Einstein, Stammhaus“ sagte ich. Ich hatte die Villa in der Kurfürstenstraße bei meinem Spaziergang im näheren Umfeld meines Hotels entdeckt. Ein Kaffeehaus im besten Wiener Stil mit kleinen Marmortischchen und dunklem Holz. Ich hörte, wie im Hintergrund eine Diskussion mit einer Frauenstimme ansetzte. Bonings Stimme war danach nur mehr dünn wie ein Faden.

„Es ist besser, wenn Sie zu mir kommen“, sagte er.

Ich hatte Zweifel, ob das Boning half, wenn wir diese Dinge bei ihm zu Hause erörterten, doch ich ließ mir seine Adresse geben.

„Gut, dann komme ich gleich vorbei“, sagte ich.

Dann hörte ich noch ein kurzes Geplänkel im Hintergrund, ehe er sagte: „In einer halben Stunde, bitte.“

Die Corneliusstraße war ganz in der Nähe. Fußläufig, wie die Norddeutschen sagen, kaum mehr als zehn Minuten entfernt.

Ich hatte also noch ein wenig Zeit, die ich nutzte, meine Strategie bei einem Gin Tonic an der Hotelbar auszutüfteln.

Bonings Wohnhaus lag in einer ruhigen Seitenstraße an einem Kanal, der durch das Areal des nahen Tiergartens floss. Was dem Wiener der Prater, war dem Berliner der Tiergarten. Ebenfalls ein ehemals fürstliches Jagdrevier mitten in der Stadt. Ich näherte mich der angegebenen Hausnummer. Das Gebäude lag hinter einem Zaun und einer blickdichten Hecke. Lediglich die oberen Stockwerke konnte man sehen. Ich fand das Namensschild und läutete. Boning öffnete und dirigierte mich über die Gegensprechanlange zum richtigen Eingang der drei gleichartigen Komplexe, die hier aus viel Holz, Ziegel und Glas errichtet worden waren und wie eine Mischung aus Arche, Holzhaus und Spitalsgebäude wirkten.

Als ich an der Tür klopfte, öffnete mir ein Mann, der mir bis knapp über die Schultern reichte. Er blickte hektisch um sich und zog mich dann wortlos in die Wohnung, so als wollte er meinen Besuch vor seinen Nachbarn geheim halten. Erst als er die Tür verschlossen und verriegelt hatte, atmete er durch. Wir standen in einem Vorraum, der voll mit Jacken, Kinderrollern, Schuhen und Sandspielzeug war.

Boning war schlank, trug eine sandfarbene Hose und darüber einen hellblauen Pulli, durch dessen Rundausschnitt ein weißes Shirt hervorblitzte. Er hatte einen kleinen Kopf, die Brille, die sich an seine Nase klammerte, wirkte überdimensioniert. Haare kurz, hohe Stirn mit Tendenz zur Glatze in den nächsten Jahren. Das Gesicht war leicht gebräunt. Am rechten Auge blühte ein Veilchen. Am Hals waren Würgemale zu erkennen und ich war mir sicher, der Verband an seiner linken Hand war ebenso eine Erinnerung an die Schlägerei, in die er geraten sein musste. Vielleicht war Boning extrem streitsüchtig und begann bei jeder Gelegenheit, sich mit anderen zu prügeln, weswegen ihm seine Frau den Ausgang verboten hatte. Doch der schüchterne kleine

Mann wirkte eher wie ein Mauerblümchen, das man nicht zu stark anblasen durfte. Ich streckte meine Hand aus und wollte ein Mindestmaß an Höflichkeit aufbringen, indem ich mich vorstellen und ihm mein Anliegen unter vier Augen vortragen wollte, doch er rief seiner Frau zu: „Du, der Besuch ist jetzt da, mein Häschen!"

Ich dachte mir, dass seine Frau sicher die letzte Person auf dieser Welt war, die meine Geschichte hören sollte. Doch bevor ich ihm das zuflüstern konnte, schob sich ein Quadratschädel gefolgt von einem massigen Körper durch die Tür. Brunhilde schoss es mir ein, als ich das eckige Gesicht, die Bäckchen und die zwei blonden Zöpfe sah.

„Hilda, meine Frau", murmelte Boning, bevor er mich ihr als den Anwalt aus Wien, der angerufen hatte, vorstellte.

Hilda war eigentlich ganz hübsch, wenn man ihre Größe und das Gewicht außer Acht ließ. Und so ein üppiger Busen hatte in trauter Zweisamkeit sicher auch seine Vorzüge. Doch so, wie sie ihn jetzt vorstreckte, wirkte er bedrohlich.

„Wenn Sie wegen des Auftrags aus dem Rathaus kommen, muss ich Sie enttäuschen. Das ist jetzt fast vier Jahre her, dafür gibt es keine Garantie mehr."

Hilda hatte schon recht. Genau wegen des damaligen Auftrags, den Boning von der Stadt Wien im Jahr 2015 erhalten hatte, war ich hier. Aber es ging mir nicht um Gewährleistung. Nur im weitesten Sinne. Mir ging es um Klarstellung. Ich überlegte, wie ich Hilda loswerden konnte. Boning würde wohl nicht sehr gesprächig sein, was das damalige Verhältnis zu Maria betraf, wenn seine angetraute Walküre anwesend war. Ich versuchte, sie ins Vertrauen zu ziehen.

Ich trat, verfolgt von den ängstlichen Blicken Bonings, an sie heran und sprach ihr leise ins Ohr: „Ich bin ja nur der Jurist und kenne mich technisch nicht so gut aus", sagte ich. „Aber es kann sein, dass es beim Quellcode, den ihr Mann geschrieben hat, zum Teil lizenzrechtliche Probleme gibt. Ich müsste das überprüfen. Ich nehme an, das mache ich am bestem mit Ihnen, Gnädigste."

Hilda Bonings Kichern erschallte wie eine Koloratur. „Gnädigste, dat is ja mal wieder typisch Wiener Charme. Nix dahinter, aber klingt schön. Ne, meen Juter, dat machen Sie aber ganz fix mit meinem Mann, da hab ich nichts zu schaffen mit."

„Verstehe", gab ich mich diplomatisch. „Ich dachte, Sie leiten das Büro ihres Mannes."

Boning verfolgte uns immer noch durch seine großen Gläser, in denen seine Augen wie in einer Fischkugel schwammen. Er verharrte stumm und schien abzuwarten, wie sich die Dinge entwickelten.

„Mama, ick hab Hunger." Ein blonder Schopf kroch hinter Hildas strammen Waden hervor. Dahinter noch ein zweiter, kleinerer. Die Haare zu Zöpfen geflochten, mit dicken Wangen, starrten mich zwei kleine Mädchen an.

„Es tut mir leid, aber Sie sehen, ich habe im Moment andere Verpflichtungen. Was immer Sie nach Berlin bringt, Sie werden es mit Justus klären müssen."

Bingo! Ich hatte das erste Spiel für mich entschieden. Es fehlte noch der Satz und dann das Match, aber da war ich zuversichtlich.

Ich sagte zu Boning: „Vielleicht gehen wir irgendwohin, wo es ruhiger ist. Sie haben sicher ein Arbeitszimmer."

„Also, mein Büro ist Richtung Charlottenburg, aber hier im Haus hat meine Frau …"

Boning verstummte, kaum dass seine Frau einen festen Schritt vorwärts gemacht hatte und ihn nun anherrschte: „Untersteh dich. Mein Handarbeitszimmer ist heilig."

Sie drehte sich zu mir und wechselte den Tonfall. „Sind Sie allein gekommen?"

Die Frage überraschte mich, ich stand ja allein da. Immer noch im Vorzimmer. Hereingebeten hatte mich niemand. Ich sagte zögernd: „Ja, warum?"

„Also keine Sekretärin, die unten wartet?“

Ich verstand immer noch nicht, doch dann sah ich nochmals Bonings gebläute Hautpartien und verstand. „Nein, natürlich nicht“, sagte ich mit fester Stimme.

„Schätzelchen“, sagte sie nun säuselnd zu Boning, „warum geht ihr denn nicht vor zum Neuen See. Dann sieht der Herr auch gleich ein wenich von Berlin.“

Boning nickte, schnappte sich eine dünne Jacke von einem Haken und drängte mich zum Ausgang.

Als wir aus dem Haus traten, schien Boning um einen halben Kopf zu wachsen, als hätte man ihm eine Last von den Schultern genommen. Wir traten auf die Straße. Die Luft war mild und die Laternen gingen soeben an. Sie begannen, die verschwindenden Umrisse von Zäunen, Bäumen und Autos seidig zu bescheinen.

„Schön wohnen Sie hier“, sagte ich.

„Ja, vor allem, wenn man bedenkt, wie nah wir hier beim Zentrum sind und doch mitten im Grünen.“

Boning schickte noch ein paar verstohlene Blicke zurück, so als könnte er es nicht glauben, endlich in Freiheit zu sein. Dann schlug er einen schmalen Weg ein, der neben einem Kanal lief. Das Wasser floss träge zwischen den dunklen Steinmauern dahin und reflektierte die letzten am Himmel beschienenen Wolken.

„Die Wohnung hat Ihre Frau in die Ehe mitgebracht?“ Ich sprach das ungeniert an und erntete dafür einen indignierten Blick.

Bonings Gesichtszüge wirkten im Halbdunkel verändert. Das Weiche darin hatte sich aufgelöst.

„Wie kommen Sie denn darauf?“, fragte er mit weit tieferer Stimme als zuvor.

„Ich dachte, Ihre Frau wäre die Vermögende und sie hätte …“ Ich begann zu stammeln.

„Ich weiß zwar, dass Sie nicht von meinem damaligen Auftraggeber kommen, aber ich nehme an, Sie haben über mich

Erkundigungen eingeholt. Also sollten Sie wissen, was ich verdiene."

„Das bedeutet also, dass das Vermögen von Ihnen stammt?"

„Ich schwimme nicht im Geld, aber ja, ich bin durchaus wohlhabend."

Das war zwar die Variante drei meines Strategiepapiers von vorhin, aber ich wusste, wie ich damit umzugehen hatte. Ich nickte nur und wir querten einen Park mit hohen Bäumen, daneben ein Zaun, durch den in der einsetzenden Dunkelheit ein Tiergehege zu erkennen war. Eine Joggerin kreuzte unseren Weg, dann hatten wir das Lokal am Neuen See erreicht. Die bunten Lampen der Lichterketten spiegelten sich im Wasser. An langen Holztischen und Bierbänken saßen Gruppen von Menschen, gesprächig, trinkend, manche auch nur das Zerfließen des Tages genießend.

Boning brachte Bier, Würste und Brezen an den Tisch. Ich hatte fast ein schlechtes Gewissen, dass ich ihn jetzt gleich in die Mangel nehmen würde. Doch seit er das Haus verlassen hatte, wirkte er gelöst, ja, richtiggehend verändert. Mir fiel auf, dass seine Brille jetzt kleiner wirkte und auch seine Glupschaugen verschwunden waren. Hatte er die Brille gewechselt? Als er so in seinem College-Style mir gegenübersaß, hatte ich fast den Eindruck, dass er weit weniger hässlich war, als er sich vorhin gegeben hatte. Und tatsächlich grüßte er ein paar Frauen am Nebentisch mit selbstsicherem Lächeln, als ob das für ihn übliche Routine wäre. Die jungen Frauen steckten ihre Köpfe zusammen und schüchtern kichernd erwiderten sie seinen Gruß. Boning war jetzt ein anderer. Seine Miene erstarrte und mit einem Königskobrablick erfasste er mich.

Er sagte: „Sie kommen von Maria Schneider? Was will sie denn jetzt noch? Ich dachte, wir hatten unseren Deal?"

„Sie wissen es also nicht? Maria Schneider ist tot. Es war überall in den Medien."

Entweder er spielte gut oder er wusste es wirklich nicht.

Vielleicht war die Nachricht des ermordeten Lockvogels auch zu wenig interessant für die deutschen Medien. Doch Boning schien die Todesnachricht mit einiger Erleichterung zu Kenntnis zu nehmen. Wenn er dachte, dass er damit aus dem Schneider wäre, musste ich ihn enttäuschen.

Ich sagte weiter: „Aber ich habe jetzt Marias Unterlagen, vor allem die Bilder, die Sie und Maria zeigen, als sie miteinander intim wurden."

Bonings Schultern, die sich vorhin unmerklich gehoben hatten, sackten nun zusammen, als wäre die hinter uns stehende Eiche in diesem Moment auf ihn gestürzt.

„Wer sind Sie?", fragte er nochmals und ich wusste, dass er jetzt nicht auf meine Personalien anspielte.

„Wenn Sie mir sagen, was Maria von Ihnen verlangt hat, dann sind Sie mich so schnell los, dass Sie meinen Namen im nächsten Moment wieder vergessen haben. Vor allem verspreche ich Ihnen, dass ich nach der Sache alle Unterlagen vernichten werde, soweit ich Sie nicht brauche."

Boning nahm einen Schluck von seinem Bier. Er überlegte und ich konnte mir denken, was. Warum sollte er mir vertrauen? Also gab ich ihm einen Grund.

Ich sagte: „Ich weiß, dass Ihre Frau die Agentur Treu & Glauben engagiert hat, als Sie beruflich längere Zeit in Wien waren. Das war ab 2015 immer wieder ein paar Tage und im Jahr 2016 dann sogar fast drei Wochen. Es ging um den Auftrag, den Sie von der Gemeinde Wien bei der Einführung des elektronischen Parkklebers erteilt bekamen. Die neuen Kleber sollten einen elektronischen Chip aufweisen, der es ermöglicht, dass man Daten und Gültigkeit auslesen kann. Sie waren maßgeblich an der Entwicklung dieser Technologie beteiligt. Der Vorteil dabei ist, dass eben die relevanten Daten nicht auf dem Kleber selbst, sondern in einer Datenbank gespeichert und geändert werden können, der Kleber stellt nur die Verbindung zum hinterlegten Eintrag her." Jetzt trank ich einen Schluck.

„Warum erklären Sie mir das? Ich hab das selbst programmiert."

„Sie werden gleich verstehen, worauf ich hinaus will. Sie arbeiteten fleißig in Wien und verdienten dabei gutes Geld, das Ihnen einen gediegenen Lebensstil zu Hause ermöglicht. Ihre krankhaft eifersüchtige Frau engagiert in Wien eine Agentur, die Ihre Treue auf die Probe stellen soll. Die Agentur ‚Treu & Glauben' schickt ihre schärfste Waffe: Maria Schneider. Und prompt fallen Sie auf den Lockvogel herein."

Boning schloss seine Augen, die Sekunde, die das zu lange dauerte, wäre in Nordkorea einem Geständnis gleichgekommen.

„Aus irgendeinem Grund schaffen Sie es aber, dass der Bericht, den Maria von dem Abend mit Ihnen an die Agentur schickt, den vollzogenen Seitensprung vertuscht."

Ich wusste das, obwohl Parth die Fotos von seinen Polizeitechnikern hatte löschen hatte lassen. Als Eddie mir die Daten von Marias Computer brachte und ich mir die Dossiers ansah, wusste ich sofort, dass die Akte Boning nicht mit jener bei Treu & Glauben zusammenpasste. Maria hatte belastende Fotos vom Sex mit dem Berliner auf ihrer Festplatte, doch der Agentur meldete sie, dass er gänzlich desinteressiert an ihr gewesen sei. Offiziell war also nie etwas passiert.

Ich fragte: „Was mussten Sie als Gegenleistung tun? Oder ging es um Geld?"

Boning schluckte. Und jetzt war er plötzlich wieder der kleine Angsthase von vorhin. Ich deutete auf die blauen Flecken auf seinem Körper.

„Ihre Frau hätte Sie wahrscheinlich erschlagen, wenn Sie Wind von der Sache bekommen hätte."

Boning nickte stumm. Er wirkte jetzt wieder völlig verstockt.

Ich musste versuchen, mich stückweise der Wahrheit zu nähern, ihm wenigstens ein Nicken zu meinen Vermutungen zu entlocken. Ich fragte: „Haben Sie Maria danach noch einmal gesehen?"

Er schüttelte den Kopf.
„Ging es um Geld?"
Nochmaliges Kopfschütteln.
„Hat Sie versucht, Sie weiterhin unter Druck zu setzen?"
Boning hob den Kopf und langsam bewegten sich seine Lippen, bevor die ersten Laute aus seinem Mund kamen. „Wir hatten einen einfachen Deal. Ich musste etwas für Sie erledigen und Sie wusch mich rein, gab mir eine weiße Weste. Ich habe in letzter Zeit ein paar Mal an unsere Abende in Wien denken müssen. Trotz der unangenehmen Situation, in die sie mich gebracht hat, denke ich gern an diese Zeit zurück. Aber wir hatten unseren Pakt und hielten uns beide daran. Nein, Maria wollte kein Geld. Nicht damals und auch später nicht. Ich habe nie wieder was von ihr gehört. Leider. Für mich war das bis zu Ihrem Auftauchen eine abgeschlossene Episode. Deckel zu, Schloss davor. Und jetzt kommen Sie und wollen Geld von mir."
„Ich will kein Geld", sagte ich. Unsere Getränke waren zwar ausgetrunken, doch jetzt durfte keiner den Tisch verlassen. Es war wie bei einer Pokerpartie, wenn es nach dem Ritual des Bluffens an die Wahrheit ging. „Welchen Gefallen sollten Sie Maria erweisen?"
„Sie kommen nicht von der Stadt Wien und decken mich danach mit Millionenklagen ein?"
„Und wenn? Wovor haben Sie mehr Angst?"
Boning kannte die Antwort. Instinktiv fuhr er sich mit der Hand über eine geschwollene Stelle an seinem Arm.
Zu seiner Beruhigung setzte ich aber noch nach und sagte: „Keine Sorge. Sie sagen mir, was ich wissen will, und danach sind Sie mich los. So wie damals Maria."
An seinem Blick erkannte ich, dass er in diesem Moment wohl an ihr Ende dachte und mir wahrscheinlich dasselbe wünschte. Doch wer sich einmal erpressbar gemacht hat, sollte wissen, dass einen das immer wieder einholt. Und in diesem Moment fragte ich mich, ob nicht auch Boning ein Kandidat für den Mord an

Maria wäre. Ich spielte die Möglichkeiten durch. Boning hatte gelogen und Maria hat ihn weiter unter Druck gesetzt. Ein ausreichender Grund, zu töten. Doch für den Mord an Maximilian Treu fand ich kein passendes Motiv. Für die Agentur war Boning ja ein untadeliges Opfer gewesen, dem man keine außerehelichen Ambitionen hatte nachweisen können. Im Schein der vor uns stehenden Kerze konnte ich sehen, dass das Zucken von Bonings Mundwinkeln nicht allein dem Flackern der Flamme geschuldet war. Der Damm war am Brechen. Ich versetzte ihm den letzten Stoß. Ich schob einen USB-Stick über den Tisch.

„Hier, das ist meine einzige Kopie. Behalten Sie ihn."

Bonings Blick war jetzt in dem Zwielicht – unten zitterte die Kerze, oben hingen funzelige Lichterketten – schwer auszumachen, aber er würde sich fragen, wie viele Kopien es davon gab. Und natürlich hatte ich Kopien. Hier ging es um eine Geste, die Vertrauen schaffen sollte. Außerdem konnte ich nicht wissen, wie die Polizei mit den Daten auf Marias Computer umgehen würde. Konnte gut sein, dass er auch noch Besuch von Parth oder einem seiner deutschen Kollegen bekam. Und die würden vielleicht weniger zimperlich sein, was seine Ehe betraf. Dabei fiel mir ein, dass ich Eddie am Vortag gar nicht gefragt hatte, ob er den Computer nach getaner Arbeit wieder bei Clara Bonacci abgeliefert hatte, wie ich es ihm auftrug.

„Sie haben gewonnen."

Boning riss mich aus meinen Gedanken. Und dann begann er zu erzählen. Lange und ausführlich. Und am Ende seiner Ausführungen muss irgendwer noch zwei Bier geholt haben, die nun auch geleert vor uns standen. Dabei hatte ich ihn bezüglich eines wesentlichen Details belogen: Ich wusste, dass es damals nicht seine Frau gewesen war, die den Auftrag an die Lockvogelagentur gegeben hatte. Doch das war jetzt egal, solange Boning sein Gewissen erleichterte.

Ich begleitete ihn schließlich auf seinen eindringlichen Wunsch nach Hause. Als wir zu Bonings Haus zurückgingen, war der Himmel schwarz und der Weg, über den wir zuvor gekommen waren, lag nun in völliger Dunkelheit. Ich überstand die dunkle Passage durch den Wald unbeschadet. Boning machte auch weiter vorne keine Anstalten, mich in den Kanal zu werfen. Nur seiner eifersüchtigen Frau war mit Vorsicht zu begegnen. Zum Glück hatte Boning eine Bierfahne, was seine Frau beruhigte. Sie war wohl der Ansicht, dass man in Damengesellschaft eher mit Sekt anstieß, wenn es um das spätere Zusammenstoßen der Lenden ging. Und ich war auch noch als Alibi dabei. Zu Bonings Unterstützung versuchte ich durch gezieltes Ausatmen in Hildas Richtung, auch meinen Bierdunst ausreichend im Vorraum zu verteilen, ehe ich mich verabschiedete und ihn der Willkür seiner Frau überließ. Egal ob sie ihn prügelt oder er Sex mit ihr hat, ohne blaue Flecken kommt er aus dieser Nummer nicht heraus, dachte ich.

Am Heimweg stellte ich mir die wütende Hilda vor, die hinter die Affäre von Maria mit ihrem Angetrauten gekommen war. Wie sie mit ihren Riesenpranken Maria in den Würgegriff nahm und ihr dann mit einem wuchtigen Schnitt den Kehlkopf durchtrennte, bevor sie den Leichnam entstellte. Die zarte Maria musste in ihren kräftigen Armen leicht wie Daunenfedern gewesen sein, als sie den leblosen Körper bewegte. Und mich dabei, nachdem sie mich außer Gefecht gesetzt hatte, gütig von der Seite betrachtete, weil sie mir eine besondere Rolle in diesem Drama zugedacht hatte. Ich beeilte mich ins Hotel zu kommen.

Da es noch nicht einmal halb elf Uhr abends war, blieb Zeit für einen Absacker an der Bar. Beim zweiten Drink erreichte mich eine SMS von Dragana: Mein Vöglein ist ins Nest zurückgekehrt, mehr davon wieder in Wien, lautete die knappe Nachricht, die sie wohl wegen Ratkos Beisein so abgefasst hatte. Ich konnte mir ihr Lächeln dabei vorstellen und war natürlich so neugierig geworden, dass ich mir noch einen dritten Schlummertrunk bestellte.

Am nächsten Morgen hatte ich vor, die Zeit bis zum Abflug totzuschlagen. Ganz in der Nähe des Hotels lag der Wittenbergplatz. In der Mitte die U-Bahn und an einer Ecke, wo die zum Kurfürstendamm führende Tauentzienstraße wegging, stand das „Kaufhaus des Westens", ein traditioneller Einkaufstempel aus der goldenen Berliner Zeit vor dem Ersten Weltkrieg. Mittlerweile auch ein Teil des Imperiums von Renko. Ich überlegte, ob ich ein Mitbringsel besorgen sollte. Doch für wen?, fragte ich mich. Meine Mutter hatte meine Wohnung verunstaltet und würde das womöglich als Anerkennung dafür auffassen und sich hinsichtlich weiterer derartiger Alleingänge bestärkt sehen. Dragana hatte ich früher ab und zu etwas von einer Urlaubsreise mitgebracht. Aus Griechenland zum Beispiel einen Faun mit riesigem, erigiertem Penis. Das hatte mir nur eine blöde Bemerkung eingebracht. So in der Art, warum ich Gelüste in ihr wecke, die ich nicht halten könne. Im Geiste strich ich ihren Namen durch. Blieb Clara Bonacci. Doch warum sollte ich einer Lesbe etwas mitbringen? Das war schlichtweg eine Fehlinvestition. Denn aus Rührung über ein Fußkettchen oder einen Schal würde sie mich nicht nochmals zum Schuss kommen lassen.

Als ich über den Platz schlenderte, vorbei an Kebab-Ständen, Wurstbuden, die mit bester, schärfster oder Bio-Currywurst warben, sah ich vor der U-Bahnstation eine Frau meines Alters sitzen. Sie saß auf einem Karton und hatte eine zerrissene Jeans an. Auf ihrem Kopf waren die Haare zu Stacheln geformt. Wie korrodierte Röhren stand das ergraute Haar zu Berge. Ihr Gesicht zeigte verblassende Spuren von Schönheit. In besseren Tagen hatte sie wahrscheinlich als Punk das geteilte Berlin in den einschlägigen Klubs aufgemischt und ein T-Shirt mit „no future" getragen. Ich fand die Idee, ihr zwanzig Euro zu geben, besser, als ein weit teureres Geschenk zu besorgen. So hatten wir beide was davon. Ich hatte gespart und sie hatte wahrscheinlich mehr, als sie sonst untertags zusammenschnorren konnte. Ich legte den Schein vor ihr auf den Karton und beobachtete ihren leicht schwankenden Körper. Es dauerte etwas, bis sie das Geld vor sich sah. Blitzschnell packte sie es mit einer Hand und öffnete ihren Mund. Kein schöner Anblick. Mit den Löchern erinnerte er an Burgzinnen und die verbliebenen Zähne sahen aus wie früher die vom Ruß geschwärzten Eisenbahntunnel.

„He, für die Kohle kriegste aber keinen geblasen."

Ich winkte ab. Das war das Letzte, woran ich bei dieser Erscheinung gedacht hätte.

„Passt schon", sagte ich und beeilte mich, Meter zu machen.

Doch sie rief mir nach. Laut klang es über den Platz: „Aber mit der Hand kann ich es dir dafür besorgen! Da hinter dem Fotoautomaten. Da sieht kener hin!"

Ich war wieder im Pulk der Touristen verschwunden, die auf der Suche nach der nächsten Sehenswürdigkeit ihre Smartphones mit Google Maps vor sich hielten. Ich hatte genug. Von der Stadt, von den Freaks und meinen blöden Ideen. Das nächste Mal würde ich mir von der Kohle einen Drink genehmigen. Ich bestieg ein Taxi und ließ mich zum Flughafen bringen.

Auf der Fahrt fiel mir noch etwas ein, das ich am Vorabend Boning zu fragen vergessen hatte. Ich wählte seine Nummer. Er war in einem Meeting und eher ungehalten. „Warten Sie, ich muss kurz raus", sagte er, dann hörte ich gemurmelte Entschuldigungen und am Ende ein lautes Seufzen. „Ich habe gewusst, dass Sie keine Ruhe geben werden. Was ist es denn nun?"
„Ich hab nur vergessen, nach einem Namen zu fragen. Kennen Sie Hans Norbert Brache oder hatten Sie mit ihm zu tun?"

Boning ließ sich ein paar Sekunden für die Antwort Zeit, ehe er sagte: „Ich glaube schon. Der war von der regierenden Rathausfraktion und ich habe einmal mit ihm zu schaffen gehabt."

Ich wollte nicht widersprechen, aber Brache war nicht von der Stadtregierung.

„Wie kamen Sie zu diesem Kontakt?"

„Maria hat ihn mir vorgestellt."

Bei mir begann eine Sirene zu schrillen. Brache und Maria!

Während des Gesprächs kam ein weiterer Anruf, der anklopfte, wie ich am Display sah. Von der Vorwahl her eine österreichische Nummer. Ich drückte sie weg, beendete aber dennoch zügig das Gespräch mit dem Softwareentwickler. Ich sagte ihm, dass ich damit auch schon zufrieden wäre und nun mein Versprechen erfüllen würde. Ab jetzt würde ich aus seinem Leben verschwunden sein.

Der Taxifahrer hielt an einer roten Ampel. Straßenartisten führten vor der stehenden Kolonne ihre Kunststücke vor. Mein Handy läutete. Es war dieselbe Nummer wie vorhin. Ich hob ab, meldete mich aber nicht namentlich.

„Was machen Sie in Berlin?", fragte eine Stimme mit starker Wiener Färbung.

„Wer will das wissen?", fragte ich.

„Parth hier. Ich dachte, Sie würden mich erkennen."

„Wieso wissen Sie, dass ich in Berlin bin?"

„Hören Sie, nach den ganzen Dekreten zur Terrorbekämpfung kann ich jede Bewegung jedes beliebigen Verdächtigen verfolgen. Ich wüsste auch, wenn Sie am Mars wären."

„Was wollen Sie?"

„Sie fragen, wann Sie zurückkommen."

„Heute. Warum? Wollen Sie mich abholen?"

„Wünschen Sie sich das besser nicht. Sind Sie eigentlich verrückt?" Parths Tonfall hatte vom vertraulichen Plauderton zu dem des Polizisten gewechselt. Eines Polizisten, der beim Verhör seinen Worten mit den Fäusten Nachdruck verlieh.

„Meinen Sie das im pathologischen Sinn?", fragte ich und versuchte, dabei meine Irritation zu überspielen.

„Ich meine, dass Sie sich den Computer von Maria Schneider angeeignet haben", sagte Parth und wurde dabei unangenehm laut. „Wenn ich Sie wegen Beweismittelunterdrückung anzeige, sind Sie Ihre Zulassung los!"

Die Liste meiner Vergehen, die mich meine Eintragung als Anwalt kosten konnten, war mittlerweile über die Jahre angewachsen wie die Ringe bei einem Baum, sodass es auf einen Ring mehr oder weniger gar nicht mehr ankam. Und bis jetzt war ich mit meiner Strategie Angriff ist die beste Verteidigung immer erfolgreich gewesen.

Ich sagte: „Jetzt hören Sie mir zu. Dieser Laptop war das Eigentum von Maria Schneider. Ich vertrete deren Eltern, die präsumptiv die Erben nach Frau Schneider sein werden und daher in statu des ruhenden Nachlasses zur Geschäftsführung berufen sind und mir Vollmacht erteilt haben."

Es war immer gut bei juristisch Halbgebildeten ein paar lateinische Brocken einzuflechten, damit diese ein wenig Ehrfurcht vor den Untiefen der Juristerei bekamen.

„Wenn aber der Laptop zur Sicherung von für die Strafrechtspflege relevanten Daten benötigt wird, sehe ich kein Problem, ihn der Polizei zu übergeben", sagte ich weiter und Parth knurrte nur ein „Gut" in den Hörer.

„Sie melden sich sofort bei mir, wenn Sie in Wien sind", sagte er. „Was machen Sie überhaupt in Berlin?"

„Anwaltsgeheimnis", antwortete ich.

Im Flieger las ich dann in der Zeitung, dass die Polizei mittlerweile Sigurd Renko, den Immobilientycoon, aufgespürt habe, seine Vernehmung zurzeit aber noch andauere. Ob nun sein Geheimnis ans Licht käme, fragte ich mich. Ich legte die Zeitung weg und holte Lisas Thriller hervor. Nach dem ersten Absatz fielen mir die Augen zu. Die Nacht an der Hotelbar war lang gewesen.

16.

Noch vom Flughafen rief ich Eddie an. Ich trug ihm auf, den Laptop nicht Clara Bonacci zu bringen, sondern mir. Ich wollte ihn persönlich dem Polizisten aushändigen, erklärte ich.

„Das kann doch ich machen“, sagte Eddie.

„Untersteh dich“, sagte ich. Wenn die Übergabe durch einen amtsbekannten IT-Kriminellen erfolgt wäre, hätte das wohl einige zusätzliche Fragen bei Parth aufgeworfen.

Das war aber nur ein Teil meiner Telefonliste. Ich beschloss, mich vor dem Weg in die Kanzlei zu Hause umzuziehen. Mein Gewandfundus in der Kanzlei war aufgrund des unregelmäßigen Lebenswandels, zu dem mich diese Causa verdammte, sehr geschrumpft. Und der Gang in die Wäscherei musste warten.

Im Stiegenhaus ein Déjà-vu: ein ominöser Schatten, der sich aus einer dunklen Ecke löst, und eine Hand, die mich zurückhält. Ohne mich umzudrehen und mit betont ruhigem Ton sagte ich: „Du hirnlose Ausgeburt. Ich hab dir doch gesagt, dass ich die Sache mit Ratko regeln werde. Direkt. Besser, du Kellerassel hältst dich da raus.“

Ich zog meine Schulter ein und wollte unbeirrten Schrittes die paar Stufen zum Aufzug nehmen, als mich eine bekannte Stimme innehalten ließ. Eine weibliche Stimme.

„Ich weiß nicht, wen du erwartet hast, aber so brauchst du nicht mit mir zu reden.“

Ich hob eine Augenbraue und drehte mich zu Clara Bonacci um. Offenbar hatte sie mich gesucht und auf mich gewartet.

Ich fragte: „Woher weißt du eigentlich, wo ich wohne? Oder hab ich dir meine Adresse gegeben?“

„Ich hab in deiner Kanzlei angerufen und deine Sekretärin war so nett, sie mir zu verraten.“

Wieder war es an der Zeit, eine Augenbraue zu heben. Das konnte ich mir bei Dragana, die gewohnt war, mich perfekt auch über längere Zeiträume zu verleugnen, jetzt nicht vorstellen.

„Du hast die Adresse von Dragana?", fragte ich verwundert. Sicher?"

Sie lächelte verlegen. „Ich hab sie ein wenig angeflunkert. Ich hab behauptet, ich wäre deine neue Freundin und hätte ein Hühnchen mit dir zu rupfen, weil du mich unlängst hast sitzen lassen. Sie war sehr entgegenkommend. Frauensolidarität funktioniert bei so etwas immer super."

„Hast du dich bei ihr vorgestellt?"

„Nein, natürlich nicht."

Klar, somit konnte Dragana keine Verbindung zu Marias Mord herstellen und glaubte ihr die abstruse Geschichte. Aus Dragana konnte ich nicht schlau werden. Da hatte sie mich die letzten Male so kalt abblitzen lassen und jetzt war sie anscheinend doch eifersüchtig. Verstehe einer die Frauen!

„Da wir beide wissen, dass das nicht der Grund für dein Erscheinen ist – also was willst du? Ich gehe nicht davon aus, dass du Sehnsucht nach mir hattest."

„Ich habe Angst."

„Wovor hast du Angst?", fragte ich und schob sie in die Aufzugskabine.

„Erst wird Maria ermordet, dann Max und jetzt werde ich bedroht."

„Du wirst bedroht? Von wem?", fragte ich.

Sie zeigte mir ihr Handy. Eine Mitteilung von einer dieser Webservices, mit denen man anonym Textnachrichten verschicken konnte. Auch dich werde ich noch kriegen, war zu lesen, mehr nicht.

Endlich waren wir in meiner Wohnung und ich fragte. „Warum solltest du für den oder die Mörder interessant sein?"

In mein Wohnzimmer gekommen, blickte sich Clara um. Sie schien von der Einfallslosigkeit meiner neuen Wohnaccessoires und der Kunstdrucke an den Wänden irritiert. Ich konnte ihr schwer erklären, dass ich das meiner Mutter zu verdanken hatte, denn dies hätte mich in ihrer Achtung sinken lassen. Immerhin war Maria, ihre Partnerin, offiziell Innendesignerin. Besser schweigen. Außerdem war der Fokus jetzt auf ein wesentlicheres Thema gerichtet. „Und?", forderte ich eine Antwort ein.

„Ich hänge doch mit der Agentur drinnen."

Mir stand der Mund offen. Ich musste meine Aufgaben wirklich besser erledigen. Das hätte mir auffallen müssen. Treu war an ihrer Bar beteiligt gewesen, sie an seiner Agentur.

„Aber dann musst du doch gewusst haben, was Maria so macht?"

„Natürlich."

„Du bist eine gute Schauspielerin. Ich hätte dir das abgenommen."

Ich holte die letzte Flasche Schnaps aus meinem Geheimvorrat und wir setzten uns aufs Sofa. Zum Glück hatte ich die peinliche Tagesdecke meiner Mutter gleich nach meiner Rückkehr aus dem Spital entfernt. Jetzt hockten wir auf dem abgewetzten alten Rauleder.

Ich sagte: „Du kannst ein paar Tage bei mir untertauchen, wenn du mir sagst, warum man hinter dir her ist."

Ich bezweifelte, dass Clara bei mir sicher war, aber die Geschichte, die sie mir erzählte, war explosiv wie trockenes Schwarzpulver. Und sie passte perfekt zu der von Boning erzählten Story. Clara nahm das gewährte Asyl an und räumte ein paar Sachen aus, die sie in optimistischer Voraussicht eingepackt hatte. Ich überließ ihr mein Bett und würde mich auf das Sofa zurückziehen, auf dem ich schon die eine oder andere Nacht zugebracht hatte. Früher, als ich es noch schaffte, aus dem Clubbing in der Babenberger Passage ein blondes Häschen abzuschleppen und wir gleich nach dem Betreten meiner Wohnung losrammelten und den Weg bis ins Schlafzimmer nicht mehr schafften. Oder in letzter Zeit, wenn ich vor dem Fernseher einschlief. The times, they are a changing.

Ich war gezwungen, Clara nun doch wieder auf die Liste der Verdächtigen zu setzen. Sie musste sehr wohl Informationen von Maria haben und gleichzeitig war es für sie sicher nicht von Nachteil, dass Maximilian Treu nun aus dem Weg geräumt war und sie allein über die Bar verfügen konnte. Die Vorstellung, mit einer Mörderin unter einem Dach zu wohnen, war speziell. Ich vertraute Clara nicht. Dazu kannte ich sie zu wenig. Aber ich vertraute auch kaum Leuten, die ich besser kannte. Mit Ausnahme meiner Ganoven. Die hatten mich in der Hand und ich hatte sie in der Hand. Wenn, dann gingen wir alle zusammen unter. So etwas schweißt mehr zusammen als Sex oder ein Ehering.

Bevor ich in die Kanzlei fuhr, hatte ich noch ein dringendes Telefonat zu erledigen. Ich musste die Nummer im Speicher suchen, denn oft rief ich sie nicht an. Und ich wusste auch, warum.

„Hallo, Arschloch", kam es zur Begrüßung. Das Los der Nachgeborenen. Man wird, seit man auf der Welt ist, beschimpft, gequält und geschlagen, manchmal auch erschlagen. Kain erschlägt Abel, Romulus tötet Remus. Irgendwie wurden schon seit Menschengedenken die jüngeren immer von den älteren Geschwistern ermordet. Umgekehrt sind auch mir Mordfantasien nicht fremd.

„Geh einfach sterben, du Wichser", antwortete ich.

„Du hast mich doch angerufen, du Schwanzfurunkel, was willst du?"

„Du musst mich mit Hans Norbert Brache zusammenbringen", sagte ich.

„Pech für dich, der ist nicht schwul."

„Du weißt, wie ich das meine. Also, hilfst du mir?"

„Warum sollte ich?"

„Weil ich dich darum bitte."

„Na gut, weil du so schön bitte sagst“, kam die überraschende Antwort. Früher hätte er noch dreimal Bett machen oder meinen Nachtisch verlangt, aber diese Tage waren zum Glück vorbei. Und dann begann mein Bruder Sino mich noch kurz über die Person von Brache zu briefen. Nach kaum fünf Minuten Telefonat wusste ich einiges über seinen Werdegang, was man sonst so in der Zeitung nicht lesen konnte.

An sich kam Brache von den Roten, die ihn für das Rathaus hatten aufbauen wollen. Hemdsärmelig und volksnah kam er bei den Wählern und Wählerinnen gut an. Doch dann der Bruch mit der Vizebürgermeisterin, die gegen ihn intrigiert und ihn auf einen hinteren Listenplatz verbannt hatte. Das erklärte Bonings Worte. Brache verlässt darauf die Partei und sitzt eine Zeit lang als Fraktionsloser im Gemeinderat. Dann machen ihm die Freiheitlichen ein Angebot und er wechselt zu ihnen. Angeblich soll sein Sprung vom Stadtrat zum Bezirksvorsteher in Favoriten kurz bevorstehen. Die Partei rechnet sich Chancen aus, stimmenstärkste Fraktion im Bezirk zu werden. Brache muss nur noch einige Widersacher, die weiter oben in der Hierarchie stehen, aus dem Weg räumen. Aber darin soll er ein Meister sein.

Ich versorgte Clara mit dem Nötigsten, damit sie mir nicht die Wohnung umdrehte, und war im Begriff, das Haus zu verlassen, um endlich in die Kanzlei zu fahren, als Sino bereits zurückrief.

„Morgen um zehn in seinem Büro“, sagte er.

Ich hatte zwar einen neutralen Ort vorgeschlagen, doch dann dachte ich mir, dass ein Treffen in der Höhle des Löwen für meine Zwecke vielleicht gar nicht schlecht wäre.

„Aber du musst noch was tun“, verlangte Sino. „Du musst auch zum Alten, weil Mama wieder ein paar Tage wegfährt.“

Ich ersparte mir die Frage, wohin die Frau unterwegs war. Letztlich war es egal. Ich knurrte ein zorniges „Einverstanden“ in den Hörer und machte mich auf den Weg.

Bei meinem Wagen fand ich eine in eine Klarsichthülle verpackte Grußbotschaft eines Wiener Park-Sheriffs. Verwundert nahm ich den Strafzettel hinter dem Scheibenwischer hervor und schüttelte den Kopf. Da hatte wohl jemand nicht genau geschaut, dachte ich mir und machte im Kopf bereits meine Eingabe an die Behörde. Im Geiste formulierte ich: „Der Einspruchwerber ist im Besitz einer bis ... gültigen Ausnahmegenehmigung ...“ Ich betrachtete die zur Last gelegte Verwaltungsübertretung. War tatsächlich schon der dritte? Und konnte ich die Verlängerung meiner Parkgenehmigung vergessen haben? Dragana hätte mich aufmerksam machen müssen.

Dragana musste auch ihren Mann im Zaum halten, bevor der wieder einen seiner verblödeten Handlanger schickte. Dragana hatte hoffentlich auch was von der Agentur zu berichten. Dreimal Dragana. Es schien, als ob sie der wichtigste Mensch in meinem Leben geworden wäre. Und jetzt hatte ich diese durchgeknallte Barbesitzerin in meiner Wohnung hocken, die ihre Hosen vollhatte und mir die Chance nahm, mit Dragana eine schnelle Nummer zu schieben. Aus Nostalgie oder weil sie mir tatsächlich ein wenig mehr bedeutete, als es bei einer Sekretärin üblich war.

Dragana saß an ihrem Schreibtisch, die Füße ohne Schuhe auf den Rollkasten mit den Akten gelegt, hatte eine Tasse Kaffee vor sich stehen und eine Zigarette in der Hand, als sie telefonierte. Ich nahm ihr den Glimmstängel ab und drückte ihn im Aschenbecher aus. Sie wusste, wie sehr ich es hasste, wenn sie in der Kanzlei rauchte. Sie richtete sich auf und beendete ihr privates Telefonat. Und wieder fragte ich mich, wofür ich sie bezahlte, auch wenn ich das nur mit der Regelmäßigkeit eines Platzregens in der Sahara tat.

„He“, fuhr sie mich an. „Ich wusste doch nicht, dass du heute schon so früh kommst.“

In dem Moment war ich sehr froh, ihr kein Geschenk aus Berlin mitgebracht zu haben.

„Und jetzt bin ich da. Steht was an?"

Sie deutete mit ihrem Daumen in Richtung meines Büros. Ich sah ihre langen Nägel und bemerkte, dass sie ein neues Glitzer-Nageldesign hatte. Auch ihr Lidschatten glitzerte und mit ihren halb geschlossenen Augen erinnerte sie ein wenig an die Dietrich.

„Dein Freund wartet", sagte sie.

„Ich habe keine Freunde", sagte ich.

„Wen wundert's", hörte ich sie noch flüstern. Laut genug, dass ich es im Vorbeigehen aufschnappen musste.

Als ich in mein Zimmer kam, nahm der Besucher seine Beine vom Tisch und richtete sich schnell auf. War ich eigentlich der Einzige, der in seinem eigenen Büro nicht lümmelte? Mit Eddie hätte ich gerechnet, mit Parth nicht. Er hatte seine Haare gewaschen und sie wirkten etwas weniger dünn und auch weniger fettig als sonst. Er erhob sich und gab mir zum ersten Mal die Hand. Als sich unsere Blicke trafen, fiel mir auf, dass auch sein Gesicht frischer wirkte als sonst. Der speckige Glanz auf der Haut und in den Augen war verschwunden. Wie bei einem Alkoholiker, der es geschafft hatte, länger trocken zu bleiben. Die Falten an den Wangen waren glattgebügelt. Da ich nicht davon ausging, dass er mir sein Antlitz, den dynamischen Andi Parth, ohne Grund präsentieren wollte, fragte ich ihn, warum er gekommen war, und setzte mich an meinen Platz.

„Erstens wollte ich mich vergewissern, dass Sie sich nicht doch abgesetzt haben, und zweitens wollte ich Maria Schneiders Computer holen."

„Das tut mir leid", sagte ich, „dann haben sie den Weg zur Hälfte umsonst gemacht."

„Das verstehe ich nicht", sagte er, wobei sich jetzt eine Falte auf seiner Stirn zeigte.

„Ich bin da, der Computer aber nicht."

„Wo ist er?"

„Da, wo er war. Bei Clara Bonacci", log ich.

„Das ist jetzt aber blöd, wir können Frau Bonacci seit gestern Abend nicht erreichen."

Natürlich, die war ja von zu Hause abgehauen und versteckte sich bei mir, was mir etwas Sicherheit gab. Parth kratzte sich an seinem Oberlippenbärtchen und mit einem Mal wirkte er wieder wie der räudige Straßenköter, der am Markt in den Abfällen stöbert. Seine Augen waren zu Schlitzen verengt und ich stellte ihn mir als Hütchenspieler oder sonstigen Trickbetrüger vor, der so einen Blick aufsetzte, wenn er die Leute über den Tisch zog.

Er sagte: „Ich habe übrigens mit den Eltern des Opfers gesprochen. Die sind damit einverstanden, dass der Computer bei Ihnen bleibt, wenn es der weiteren Verfolgung des Täters oder der Täterin hilft. Aber vorher müssen ihn unsere Techniker auswerten. Danach werde ich Ihnen umgehend den Laptop retournieren."

Ich nickte. Wir saßen einander gegenüber, zwischen uns mein Schreibtisch. Die Vorhänge waren halb zugezogen und durch den offenen Teil zwängten sich ein paar Sonnenstrahlen, die den Weg über das Dach im Innenhof gefunden hatten. Der Staub tanzte in der abgestandenen Luft, die Reste von Draganas Zigarettenrauch in sich aufgenommen hatte.

„Kann ich sonst noch was für Sie tun?"

Parth schien zu verstehen, dass ich ihn loswerden wollte, und erhob sich. „Sie halten sich bitte weiterhin zu unserer Verfügung."

„Wollen Sie mich verhaften?"

„Der Gedanke kam mir, ehrlich gesagt, schon öfter." Dann schwieg er nachdenklich. Plötzlich erhob er sich und murmelte: „Ich finde den Weg."

Ich blickte seinem Rücken nach, wie er aus meinem Zimmer verschwand. Anschließend lüftete ich und näherte mich Dragana. Ihre letzte in Berlin erhaltene SMS hatte mich neugierig gemacht. Ich kam zu ihr, packte ihr Zigarettenpackerl und sagte: „Lass uns wo hingehen, wo du rauchen kannst."

Wir setzten uns in den kleinen Vorgarten des irischen Pubs, das in der Gasse ums Eck lag. Der Kellner, der sich Brian nannte, aber aus Bulgarien stammte, brachte uns unwillig die zwei Tassen Kaffee, die ich orderte, während er die Kisten mit Guiness und Fosters stapelte.

„Jetzt sag endlich", forderte ich Draganas Bericht ein. Sie schien es zu genießen, mich ein wenig auf die Folter zu spannen, fast so wie beim Sex, wenn sie das rhythmische Kreisen ihres Beckens knapp vor meinem Erguss stoppte.

„Die kurze oder die lange Version?", fragte sie, während sie sich eine Zigarette anzündete. „Die relevante, bitte."

Dragana zog an der Zigarette, ihre vollen Lippen formten dabei einen Kussmund. Sie winkte dem bulgarischen Brian und bestellte sich einen Whisky.

Sie sagte: „Nichts war."

„Wie bitte?", fragte ich ungläubig.

„Ratko ist nicht auf sie hereingefallen. Er hat ihr gesagt, sie solle es gut sein lassen. Wenn er vögeln will, dann tut er das mit seiner blonden und vollbusigen Sekretärin. Dann hat er sie sitzen lassen."

„Das war alles?" Ich winkte auch nach dem Kellner und orderte gebrannten Alkohol.

„Nein", sagte Dragana. „Er hat sich im Gehen nochmals umgedreht und zu Kitty gesagt, dass ich aufhören soll, hinter ihm herzuschnüffeln. Sonst würde er es mir mit der Zeit übelnehmen, dass ich mit meinem Chef bumse."

Dragana grinste und ich konnte mir nicht erklären, warum. Wollte sie provokant unsere Affäre ins Lächerliche ziehen oder hatte sie vor, es doch wieder mit mir zu machen, und galt diese Geste als Einladung, sie zu nehmen? Gleich hier und jetzt? Im Lager auf Bierkisten oder am Klo? Zugleich dachte ich, dass ich dafür fünftausend Euro in den Sand gesetzt hatte und nun die Chance, Ratko diese Schuld gegen spezielles Wissen abzutauschen, gleich null war.

„Und dafür habe ich einen Kredit bei Ratko aufgenommen", sagte ich. „Sogar einen seiner Schläger hat er mir geschickt. Du musst mit ihm reden."

„Sinnlos", sagte Dragana, „Ratko hat mich sogar darauf angesprochen. Er richtet dir schöne Grüße aus. Du sollst den Zahltag nicht vergessen."

„Und was will er machen? Mir zwei Kilo Fleisch von den Rippen schneiden?"

„Nein, er hat gesagt, er begnügt sich mit einem viel kleineren Stück."

„Das ist aber nett", sagte ich.

„Er schneidet dir den Schwanz ab."

Es war Zeit, den nächsten Whisky zu ordern. Einen doppelten.

Dragana lachte jetzt los. Sie legte mir tröstend die Hand auf meine Schulter und sagte: „Jetzt hab ich dich ganz schön verarscht."

Ich richtete mich auf und fragte: „Wieso? Stimmt das alles nicht?"

„Doch, aber das ist nicht die relevante Version."

Ich hatte das Glas an meine Lippen geführt, stoppte es aber. Womöglich war die Zeit, sein Selbstmitleid hinunterzuspülen, noch gar nicht gekommen.

Dragana begann zu erzählen: „Das ist die offizielle Version, das, was in dem knappen Bericht steht, den ich von Gabi Walther erhalten habe."

„Wer ist Gabi Walther?"

„Na die Sekretärin, die scheint jetzt den Laden zu schupfen."

Auch das war ein neuer Ansatz. Ich hatte ja vermutet, dass das Büro der Agentur geschlossen war, und eigentlich damit gerechnet, dass schon Draganas Auftrag nicht mehr erledigt wird. Doch offenbar gab es nach Treu noch jemanden, der das Rad in Schwung hielt.

Dragana erzählte weiter: „Doch nachdem Kitty, also das ist ihr Deckname, versagt hatte, war sie sehr zuvorkommend, als ich sie nach Maria Schneider fragte."

„Was?“, entkam es mir eine Spur zu laut. Die Gäste, die sich kurz zuvor am Nebentisch niedergelassen hatten, reckten ihre Köpfe in unsere Richtung. „Ich dachte, diese Lockvögel agieren verdeckt und werden von der Agentur nicht bekannt gegeben?“

„So ist es auch. Aber glaubst du, ich lass Ratko mit so einer Schnalle ins Bett hüpfen? Natürlich habe ich mich an seine Fersen geheftet und die beiden aus sicherer Entfernung beobachtet.“

Und damit alles vermasselt, dachte ich, schwieg aber.

„Ich musste der Tussi nur folgen und konnte sie so ganz gut ausquetschen. Miss Kitty heißt im normalen Leben Katharina Neworal. Neworal, die femme fatale. Und du glaubst nicht, was die mir über Maria Schneider alles erzählt hat.“

17.

Ich hatte mein zweites Glas nicht mehr ausgetrunken, dafür aber in meinem Dossier einiges über Maria, Treu, Boning und Brache gesammelt, das mich der Lösung immer näher brachte. Ich schickte Dragana nach Hause. Sie hatte noch ein Glas getrunken, und das war eindeutig zu viel, außerdem wollte ich in der Kanzlei ein wenig Ruhe und Zeit für mich haben, um mich zu sammeln. Als zwei Klienten anriefen, verstellte ich die Stimme und behauptete in gebrochenem Deutsch, die Kanzlei sei wegen einer Epidemie geschlossen und ich wäre die Putzfrau. Der zweite durchschaute die Aktion leider und sagte: „Ich bin auch am Saubermachen, genauer am Ausmisten. Ich entziehe Ihnen das Mandat. Lassen Sie Mag. Gauß grüßen, wenn er sich Ihnen vielleicht zeigen sollte, aber meine Geduld ist am Ende."

Ich rief dann bei Marias Eltern an und sagte, dass ich einige Hinweise hätte, die ich später der Polizei mitteilen würde. Marias Mutter sagte, dass jemand von der Polizei ihre Wohnung durchstöbert hätte, auf der Suche nach einem Laptop. Dann ersuchte ich die Mutter um einen Vorschuss auf mein Honorar und erklärte, dass ich Hinweisen bis nach Berlin hatte folgen müssen. Kurz regte sich so etwas wie mein Gewissen, aber es war ein verglühender Punkt in einem schwarzen Loch. Danach rief ich Eddie an und bat ihn, Marias Laptop jetzt doch bei der Polizei abzugeben. Anonym. Nein, korrigierte ich mich, er solle sagen, er sei von Clara Bonacci geschickt worden. Diesen Punkt konnte ich abhaken und hoffen, dass Parth damit eine Zeit lang Ruhe geben würde.

Ich blätterte in den Zeitungen der letzten Tage. Der Mord an Schneewittchen war aus dem Lokalteil verschwunden und auch über Sigurd Renko fand sich keine Zeile mehr. Die Öffentlichkeit hatte ihr Interesse verloren, was den Druck aus den polizeilichen Ermittlungen nahm und mir etwas Spielraum verschaffte.

Ich machte mich auf in Richtung der Inneren Stadt. Es war kurz vor Büroschluss und ich wollte Gabi Walther abfangen, bevor sie nach Hause ging. Ich kam auf dem Weg dorthin an einigen Nobelboutiquen vorbei und mir fielen deren Kundinnen auf: alles ältere Damen, die aufgespritzte Lippen, gebotoxte Stirnpartien und silikongefüllte Brüste hatten. Mit ihren drei Kilo Schminke im Gesicht sahen sie wie Sexpuppen aus, die man nicht ausreichend aufgeblasen hatte.

Ich erreichte das Gründerzeithaus mit der üppig dekorierten Fassade und bemerkte erst jetzt die Frauenbüsten unter dem Dachfirst, die mit nackten Brüsten Ausschau hielten. Ob Maximilian Treu seinen Firmensitz danach gewählt hatte? Jedenfalls eine schöne Allegorie, dachte ich. Im Stiegenhaus war frisch aufgewaschen worden und der Boden blitzte vor Sauberkeit wie auch das polierte Messing. Durch die geöffneten Fenster strich ein feiner Luftzug, der den Duft der Politur im Haus verteilte. Ich kam vor einer Tür mit Reliefelementen zu stehen und klingelte. Kurz darauf näherten sich Schritte und die Tür wurde geöffnet.

„Wie machen gerade zu. Wenn Sie möchten, kann ich Ihnen für morgen einen Termin geben."

Gabi Walther, die Sekretärin der Agentur, hatte mich nicht erkannt. Ich sagte: „Ich bin ein Kunde von Herrn Treu."

„Oje, haben Sie es nicht gehört? Herr Treu ist leider verstorben."

„Ich weiß", sagte ich, „ich hatte knapp vor seinem Ableben mit ihm zu tun. Und auch mit Maria Schneider. Ich bin der Anwalt von Marias Eltern."

„Und was wollen S' jetzt?"

Sie wich ein wenig von der Tür zurück und nahm mich in Augenschein. Und ich betrachtete sie. Gabi Walther war so um die eins sechzig groß und auf den ersten Blick sicher kein Hingucker, nach dem *Mann* sich sofort umdrehte. Aber sie hatte duftiges Haar, das in einem Pagenschnitt ihr gleichförmiges Gesicht zur Geltung brachte. Der rötliche Schimmer darin konnte natürlich oder gefärbt sein. Der Mund war schmal und die Lippen waren blass. Eine unauffällige Nase, deren flache Wurzel von den eher kleinen Augen in einem sanften Bogen wegging. Darauf einzelne Punkte wie Sommersprossen, doch zu spärlich, um apart zu sein. Die Figur hätte ich als stämmig bezeichnet, obwohl das wohl ihrer geringen Körpergröße geschuldet war. Alles in allem lebte sie eine bescheidene Schönheit ohne auffällige Attribute. Die Brille unterstrich den Office-Look.

Sie drehte sich um und sagte: „Dann kommen Sie halt kurz herein, aber lange habe ich heute nicht Zeit. Ich muss noch für's Abendessen einkaufen."

Sie drehte sich um und holte von der Garderobe eine dünne Weste. Ich blickte ihr dabei auf den Hintern, der sich unter ihrer grauen, dünnen Stoffhose abzeichnete. Feste Pobacken mit einer schönen Rundung, sagte ich mir und dachte, dass dies wohl die beste Art wäre, sie zu nehmen. Doch zuvor wollte Frau eingeladen werden.

Ich sagte: „Ich dachte mir, ich lade Sie zum Essen ein. Was ich von Ihnen brauche, können wir auch beim Italiener bereden und Sie ersparen sich das Einkaufen, eine echte Win-win-Situation." Ich setzte ein Lächeln auf, von dem ich hoffte, dass es mich zum Brad Pitt der Wiener Anwälte machte.

Es schien zu wirken, denn nach nicht einmal einer Sekunde sagte sie: „Ja!".

Wenn der Rest auch so einfach ginge, dann würde einem ausgeglichenen Hormonhaushalt meinerseits nichts im Wege stehen. Nicht einmal die Lesbe, die sich bei mir breitgemacht hatte. Denn Gabi Walther würde wohl eine eigene Wohnung haben.

Wir spazierten statt zum Italiener zu einem Asiaten gleich hinter der Kärntner Straße. Die Sekretärin hatte daheim einen auf sie wartenden Ehemann. Daher schlug sie dieses Lokal vor, hier konnte sie eine Lunch-Box für ihn mitnehmen.

Von Dragana wusste ich, und die wusste es wiederum von Kitty, dass Gabi Walther selbst ganz gern eine Karriere als Lockvogel gestartet hätte. Angeblich hatte Treu alle seine Damen zuvor persönlich getestet. Jedenfalls hatte Walther den Test nicht bestanden. Aber den Job als Sekretärin bot er ihr an. Kitty beschrieb die Walther als eher zurückhaltend. Sie kümmerte sich um den Schreibkram und auch die sonstigen Aufgaben erledigte sie genau. Wobei Kitty aus manchen ihrer schnippischen Bemerkungen herausgehört haben wollte, dass Walther die Aktivitäten der Lockvögel immer mit ein wenig Neid und Eifersucht verfolgt hatte. Aber das konnte sie mir am besten selbst erzählen.

„Wie lange haben Sie denn für Herrn Treu gearbeitet?"

Wir hatten in der Zwischenzeit bestellt. Jeder ein paar Happen aus dem Vorspeiseangebot, dazu Tee, ich zum Hauptgang eine Yakitori Ente und die Sekretärin Rindfleisch mit Gemüse und Glasnudeln. Vor uns standen zwei Aperol Spritz, die wir gleich beim Betreten des Restaurants geordert hatten.

Gabi trank und stellte das Glas ab. Sie wischte sich über die Lippen. „Vier Jahre. Ich war fast von Anfang an dabei."

„Gab es eigentlich als Chef nur Maximilian Treu oder hatte der noch einen Kompagnon mit dem Nachnamen Glauben?"

Gabi lächelte und schüttelte den Kopf. „Nein, nein. Maxi war der einzige Chef."

„Und wie war Ihr Verhältnis zu Maria?"

Gabi zuckte die Schultern. Sie sagte: „Na, wir waren irgendwie befreundet."

„Das heißt", nahm ich den Faden auf, „ihre Beziehung zu ihr ging über das rein Berufliche hinaus?"

Gabi legte den Kopf schief und die Stirn in Falten. „Was gibt es da nicht zu verstehen? Wir waren Freundinnen!"

Der Kellner, der die beiden dampfenden Teller vor uns abstellte, verschaffte mir ein wenig Zeit, um die Frage anders zu formulieren: „Aber mit den anderen Mitarbeitern hatten sie weniger privaten Kontakt?"

„Ich weiß nicht, worauf Sie hinauswollen, aber ja, mit den anderen hatte ich privat weniger Kontakt."

„Weniger? Wie viel weniger?"

„Gar keinen."

„Maria Schneider war als einziges Ihrer Mädchen fix angestellt. Sie war der Star der Agentur, oder?" Ich packte ein Stück Fleisch mit den Essstäbchen und tunkte es in die Soße. Kitty hatte Dragana erzählt, dass Maria Schneider durchaus sehr eigenwillig und auch wählerisch gewesen sei, was ihre Aufträge betraf. Es sei deswegen immer wieder zu Auseinandersetzungen mit Max Treu gekommen. Und die Walther bestätigte das jetzt auch mehr oder weniger.

„Ich weiß nicht, warum Sie das fragen, aber ja, das stimmt. Sie war unser Zugpferd. Wir mussten die anderen ja nur dann engagieren, wenn Maria gar nicht den beschriebenen Vorlieben entsprach oder sie schon im Umfeld des Opfers zum Einsatz gekommen war. Wissen Sie, so eine Agentur lebt von der Mundpropaganda. Oft wird man im Bekanntenkreis weiterempfohlen." Sie machte eine Pause, es schien, als zögerte sie, den nächsten Gedanken auszusprechen. Doch dann sagte sie: „Konnte aber auch sein, dass keines der Mädchen passte. Etwa, wenn es um untreue Frauen ging. Da brauchst du dann einen Mann. Wir hatten ein, zwei Studenten. Ganz fesch, aber der eine hat mittlerweile geheiratet. Und zwar sein Opfer. Das war nicht professionell und wir hätten uns ohnehin von ihm getrennt."

„Und der andere?" Jetzt hatte ich einen ganz neuen Aspekt in dem Fall entdeckt. Vielleicht hatte dieser Toyboy eine offene Rechnung mit Maria offen.

„Ist uns leider auch abhandengekommen. Hat geerbt. Das Vermögen seines Vaters. Er gibt jetzt den Playboy am Wörthersee. Mit Partys und dem ganzen Brimborium", Gabi stocherte lustlos in ihrem Essen herum. Sie deutete dem Kellner, dass er das einpacken möge, und sagte zu mir: „Dann bring ich das halt meinem Mann mit."

Ich war noch neugierig, was ihr Verhältnis zu Schneewittchen betraf, und bohrte daher nach: „Wie war Ihre Freundschaft mit Maria konkret? Haben Sie mit ihr mehr als mit den anderen geredet oder wie soll ich mir das vorstellen?“

„Wir sind zusammen fortgegangen. So richtig ausgegangen, mit Sau rauslassen, das volle Programm.“

So was in der Art hatte auch Kitty angedeutet. Wobei es dabei auch immer um eine Art Wettstreit zwischen den beiden gegangen sein soll. Gabi soll meist versucht haben, vor Maria Männer abzuschleppen, was ihr gelang, da Maria privat wenig Interesse am anderen Geschlecht zeigte. Gabi muss sich dann noch mehr in der Annahme bestätigt gefühlt haben, dass sie der perfekte Lockvogel wäre.

Gabi begann in ihrer Tasche zu kramen. Ein metallisches Scheppern war zu hören, dann kam kurz ein Fläschchen zum Vorschein, ehe sie ihr Handy gefunden hatte. Sie betrachtete das Display und packte es wieder weg.

„Ich würde dann ganz gern gehen“, sagte sie. Ihre Stimme klang matt.

Ich fragte dennoch weiter: „Und so mal mit den eigenen Partnern gemeinsam ausgehen, wie man das unter Freunden macht, das gab es auch?“

Gabi erstarrte für einen Moment, dann sagte sie. „Nein, wir haben den Partner des jeweils anderen nie gesehen. Können wir jetzt gehen?“

„Natürlich“, sagte ich. „Aber eine Frage hätte ich noch: Sagt Ihnen der Name Hans Christian Brache etwas?“

Die Walther pfiff durch die Zähne und mehr hätte es als Antwort nicht gebraucht. „Sie wissen, dass wir unsere Kunden nicht preisgeben können. Aber ja, es ist durchaus üblich, dass sich Politiker oder einzelne Parteien an uns wenden. Reicht dir das?“

Ich nickte und registrierte den plötzlichen Schwenk zum Du-Wort. Ich verlangte die Rechnung. Der Kellner brachte sie und schob Gabi die Styroporbox mit den Resten ihres Hauptgangs hin. Sie beachtete sie aber nicht. Und auch mir schenkte sie vordergründig keine weitere Beachtung. Sie drehte ihren Kopf und schien das Lokal abzusuchen. Vielleicht hatte sie ein mulmiges Gefühl und versicherte sich, dass keiner ihrer Bekannten anwesend war, der sie bei ihrem Ehemann hätte verpfeifen können. Es schien niemand da zu sein, der ihre Kreise störte. Dann erstarrte ich. Aus heiterem Himmel hatte sie ihren rechten Fuß in meinem Schritt abgelegt und drückte mit dem Ballen gegen meinen Schwanz, der sich sofort aufrichtete. Der Kellner legte die Rechnung hin und verlangte fünfundsiebzig Euro achtzig.

„Nein", sagte ich mit gepresster Stimme, „das kann nicht stimmen. Unsere Konsumation beträgt siebenundsechzig Euro dreißig Cent."

Ich bemerkte, wie Gabi mich nun von der Seite taxierte und mit sichtlichem Genuss ihre Zehen fester gegen mein Gemächt drückte. Sie kriegte auf eine sehr geschickte Weise meine angeschwollene Eichel mit den Zehenspitzen zu fassen und massierte sie fest. Ich unterdrückte das Bedürfnis laut aufzustöhnen. Stattdessen rechnete ich mit dem Kellner die einzelnen Posten durch und kam auf den verlangten Betrag, was mich stutzig machte. Ich musste mich konzentrieren, damit ein wenig von dem unten angestauten Blut meinem Hirn für die Kontrolle der überhöhten Rechnung zur Verfügung stand.

Mit belegter Stimme sagte ich: „Sie haben hier zweimal acht fünfzig für das Yakitori verrechnet, einmal als Take Away. Wir hatten es aber nur einmal."

Endlich ließ Gabi von mir ab. Ich atmete durch und richtete mich ein wenig auf, während der Kellner, ein paar Worte der Entschuldigung murmelnd, die Rechnung auf siebenundsechzig Euro dreißig korrigierte. Ich legte siebzig Euro hin. Auch ich ließ den Blick durch das Lokal schweifen.

Die anderen Tische waren um die frühe Abendstunde noch spärlich besetzt. Zwei Tische weiter saß ein älterer Mann, der eine aufgeschlagene Zeitung vor sein Gesicht hielt. Der hatte sicher nichts gesehen, dachte ich mir und stolperte über die Schlagzeile. Maria hatte es wieder auf die Titelseite geschafft. „Millionärssohn bei Drogenparty verhaftet", war zu lesen. Die kleineren Lettern darunter klärten auf, dass der Toyboy eine neue Spur der Polizei sei. Das beruhigte mich, denn damit war Parth wohl wieder einige Zeit beschäftigt und wer weiß, vielleicht kam er tatsächlich schneller zur Aufklärung als ich. Sollte mir recht sein, solange er mich in Ruhe ließ. Ich fühlte mich halbwegs sicher. Dabei war ich wie ein Fisch in einer Bucht, der nicht merkte, wie die Fischer die Netze enger zogen. Ich erhob mich. Zu schnell. Das Blut sackte ab, dann sackte der Rest ab … Schwindel, dann … schwarz, dann Lokal am Kopf, dann … Ohnmacht. Nur kurz …

Als ich wieder bei Sinnen war, fand ich mich am Boden wieder. Gabi kniete neben mir und tätschelte meine Wange, der Kellner stand halb über mich gebeugt, der Gast zwei Tische weiter hatte die Zeitung gesenkt und blickte mich über seinen Brillenrand an wie seinerzeit mein Prüfer bei der mündlichen Matura. Der Kellner versuchte mit erstaunlicher Hilflosigkeit, ein mit Eis gefülltes Glas auf meine Stirne zu drücken und wiederholte gebetsmühlenartig seine Bitte: „Kein Polizei, bitte, und auch kein Malktamt." Wahrscheinlich hatte er seine halbe Verwandtschaft illegal beschäftigt.

Ich erhob mich und putzte mir Hose und Hemd ab. „Keine Sorge", sagte ich, „es geht schon wieder."

Gabi trat an mich heran und flüsterte: „Ich glaube, du solltest mir jetzt einiges erklären."

Wir verließen das Lokal und der Kellner wollte mir noch einen Gutschein aufdrängen, den ich ablehnte. Aber er ließ sich nicht davon abbringen, uns mehrere Handvoll Glückskekse, anzuhängen. Ich stopfte sie in die Tasche. Falls die Zeiten härter würden, könnten Dragana und ich uns dann wenigstens Gebäck zum Kaffee genehmigen. Ich war mir sicher, vom Verfallsdatum her hätte man eine langfristige Marsmission damit ausstatten können. Am Ausgang musste ich nochmals stoppen. Mein Blick blieb an einem neben der Tür aufgehängten Plakat hängen. Es machte Werbung für eine große Retrospektive in einer bekannten Galerie mit dem Titel „Pussyblume". Ich kannte diese Pussyblume, die aus unzähligen weiblichen Vulvas bestand. Der versaute Künstler war gar nicht so erfolglos gewesen, wie ich immer gedacht hatte.

Draußen zog Gabi mich zu sich und fragte: „Was war das eben? Hast du was?"

Ich war darauf eingestellt, dass die Walther ihr Interesse an mir nach dieser Ohnmacht verloren hatte, und erzählte ihr recht offen von meinem Aufenthalt im AKH und der wenig aufschlussreichen Diagnose mit dem sperrig klingenden Namen.

„Potz?", fragte Gabi und ich erklärte, wofür die Abkürzung stand: Posturales orthostatisches Tachykardie-Syndrom. Mittlerweile hatte ich Routine darin erworben.

Dann schien ihr noch etwas unter den Nägeln zu brennen: „Und die Speisekarte hast du unter dem Tisch mit dem Taschenrechner am Handy nachgerechnet?"

Ich tippte an meine Stirn. „Das ist mein Taschenrechner." Dann erzählte ihr von meinem tyrannischen Vater, dem Mathematikprofessor. „Ich kann gar nicht anders." Wann immer ich Zahlen sehe, muss ich addieren, multiplizieren, Reihen bilden, Summen, Quersummen."

Sie drückte sich an mich und fragte: „Ist das wie in dem Film mit Russell Crowe?"

Sie meinte offenbar A Beautiful Mind und ich sagte: „Keine Sorge, ich bin sicher kein Genie." Den möglichen Wahnsinn, dem meine Familie eher geweiht war, sparte ich aus. Und wieder durchzuckte es mich. Sie hatte mir mit ihrer Hand in den Schritt gegriffen, mitten auf der Straße, auch wenn jetzt schon deutlich weniger Menschen unterwegs waren als vorhin.

Sie flüsterte mir ins Ohr: „Wenn du wieder fit bist, könnten wir doch den Abend bei dir ausklingen lassen?"

Ein Appell an meine Hormone. Aber mein Zuhause war belegt und bei Gabi Walther wartete ein Herr Walther. Ich sagte: „Zu mir können wir nicht, zu dir auch nicht, also bleibt nur ein Hotel."

„Du hast doch eine Kanzlei?"

Ich bejahte, doch wo sollte dort unser Tête-à-Tête stattfinden? Vor vielen Jahren, als ich noch dachte, mit ehrlicher Anwaltsarbeit reich zu werden, arbeitete ich oft bis spät in die Nacht an irgendwelchen Schriftsätzen und Gerichtseingaben. Um dann vor den Verhandlungen des nächsten Tages wenigstens noch ein paar Stunden Schlaf zu finden, hatte ich eine IKEA-Couch in mein Büro gestellt. Die Zeit der langen Nachtschichten war, zumindest in der Arbeit, vorbei, die Couch aber geblieben.

Gabi leckte über mein Ohr und sagte sanft: „Wenn es dir aber jetzt nicht passt, dann müssen wir das auf ein anderes Mal vertagen."

Das wollte ich nicht und rief ein Taxi, das uns zu meiner Kanzlei brachte. Als die Walther das Haus betrat, war ihrem Blick zu entnehmen, dass sie sich bei Zustand und Erscheinung desselben und dem Geruch nach Kohl am Gang wohl fragte, was für ein Versager ich als Anwalt sein musste, wenn ich hier meine Klienten empfing. Wir kamen in die Kanzlei, die wohl auch keinen besseren Eindruck machte. Im Vorzimmer stank es nach Rauch. Dragana hatte sich mal wieder nicht um das Rauchverbot geschert. Ich nahm Gabi die Jacke ab und bot ihr zu trinken an. Ich hatte aber nur mehr den Slibowitz ohne Etikett, den Dragana schwarz brannte. Gabi nahm lieber ein Glas Leitungswasser. Wir gingen in mein Büro. Ich räumte die Couch ab und deutete darauf: „Das ist alles, was ich bieten kann."

„Für meine Zwecke wird es reichen." Sie öffnete Ihre Bluse um zwei Knöpfe. Dann gab sie mir einen Stoß, ich kam auf der gepolsterten Fläche zu sitzen. Sie kletterte auf meinen Schoß und drückte meinen Kopf gegen ihren Busen. Ihre Haut roch frisch parfümiert.

„Du riechst gut“, sagte ich.

„Ja, der Duft der Provence“, sagte sie und rutschte auf mir auf und ab. Ich umfasste ihre Taille, doch sie wehrte meine Hände ab und sagte: „Ich hab noch ein Spielzeug mit. Es wird dir gefallen.“

Sie beugte sich hinab zu ihrer Tasche, die sie vorhin auf den Boden hatte fallen lassen. Ich hörte wieder das metallische Scheppern und sah, wie sie Handschellen herausholte. Sie nahm meine Arme und drückte sie hinter meinen Rücken, wo sie die Hände aneinanderfesselte. Sie seien zu eng für mich, monierte ich, doch sie sagte: „Nur wer den Schmerz fühlt, darf auch die Freude empfangen.“

In dem Moment wusste ich, warum sie den Aufnahmetest bei Treu versemmelt hatte.

„Ich glaube, wir lassen das jetzt. Ich verzichte gern auf Schmerz und auch auf die Freude, die er macht.“

„Ssscht“, machte sie und leckte über meine Lippen. „Gleich bist du ganz woanders.“

Sie holte ein Fläschchen hervor. Die Liste der Sexdrogen ist lange und einige Substanzen hatte ich schon probiert, aber jetzt begann ich mich in meiner Haut unwohl zu fühlen. Ich konnte mich nicht bewegen und wer weiß, was mir die Durchgeknallte da jetzt einwerfen wollte. Bevor ich jedoch protestieren konnte, läutete es an der Tür.

„Erwartest du noch einen Mandanten?“, fragte Gabi und rückte von mir ab.

Es läutete wieder. Diesmal länger.

„Ich weiß nicht. Mach mich endlich los, dann kann ich nachschauen.“

Zum nochmaligen Klingeln gesellte sich nun auch ein forsches Klopfen. „Aufmachen, Polizei!“

Ich sandte Gabi einen erschrockenen Blick, den sie erwiderte, bevor sie mich befreite. Sie packte ihre Utensilien weg und knöpfte ihre Bluse zu. Auch ich steckte mein Hemd in die Hose, bevor ich hinaus ging und die Tür öffnete.

Es war Parth. Obwohl er mir die Tour bei Gabi versaut hatte, war ich ganz froh, ihn zu sehen. Als er Gabi entdeckte, machte sich ein schmutziges Grinsen in seinem Gesicht breit. Er sagte. „Es ist erstaunlich, Herr Gauß. Wann immer ich sie treffe, haben sie sich entweder ein Beweisstück oder einen Zeugen unter den Nagel gerissen."

Dann wandte er sich an Gabi. „Es ist ein glücklicher Zufall, dass ich Sie hier treffe, so spare ich mir den Weg zu Ihnen. Leider haben unsere Techniker am Computer von Herrn Treu einige Manipulationen festgestellt. Kann es sein, dass Sie etwas gelöscht haben?"

Die Walther schüttelte den Kopf. „Wie denn, ich hatte ja nicht einmal sein Passwort."

„Macht nichts, das werden unsere Techniker schon alles finden. Aber ich muss Sie bitten, morgen in mein Büro zu kommen."

Gabi packte ihre Tasche und verließ grußlos mein Büro.

„Nun zu Ihnen, Herr Gauß. Danke für den Laptop von Frau Schneider. Aber leider sind auch an diesem einige Änderungen mutmaßlich nach deren Tod vorgenommen worden. Vielleicht war es nicht so klug von Ihnen, den Computer von Laurenz Keller, einem bekannten Computerkriminellen, den Sie immer wieder vertreten, überbringen zu lassen."

Eddie, du Idiot, verfluchte ich den Kerl insgeheim, weil er so blöd gewesen war, ihn persönlich abzugeben.

„Aber schelten Sie ihn nicht. Zwei Stunden musste ich das Videomaterial unserer Überwachungskamera durchschauen, bis ich endlich den Typen hatte, und dann noch einmal eine Stunde, bis ich die Datenbank mit unserer Galerie durchhatte."

Parth hatte Eddie rehabilitiert. Mein Mann war sorgsam genug an seinen Auftrag herangegangen. Nur hatte ich Parth unterschätzt und das war mein Fehler gewesen.

„Ich würde auch Sie bitten, sich in den nächsten Tagen bei mir einzufinden."

Das war ein Satz, wie ich ihn Parth nicht zugetraut hätte. Ich lernte, dass der Typ mehr draufhatte, als ich angenommen hatte. Wir verließen gemeinsam meine Kanzlei und ich sagte unten am Haustor zu ihm: „Ich habe gehört, Sie haben einen neuen Verdächtigen."

Der Polizist schenkte mir einen schmierigen Blick, der glänzte wie ein Ölfilm im Hafenbecken. „Stimmt, aber der Verdacht hat sich nicht erhärtet. Am Tag der Morde hat er sich zugekokst in einer Villa auf Ibiza befunden."

18.

Am nächsten Tag wachte ich früh auf. Clara Bonacci schlief noch in meinem Bett und ich wollte sie nicht wecken. Wir hatten uns gestern nicht mehr lange unterhalten und es war natürlich auch nicht zum Beischlaf gekommen. So weit reichte ihre Dankbarkeit für den gewährten Unterschlupf dann doch nicht und ich ärgerte mich über meine Großzügigkeit, ihr meine Schlafstätte überlassen zu haben. Das Sofa, auf dem ich mich unruhig hatte wälzen müssen, hätte für sie gereicht. Da ich noch genug Zeit bis zum Treffen mit Brache hatte, fasste ich einen spontanen Beschluss und fuhr mit dem Auto in das Pflegeheim, wo mein Alter dahinvegetierte.

Es war weder Sehnsucht nach dem Erzeuger noch Zuneigung. Ich hatte es meinem Bruder versprochen und da war außerdem noch so etwas wie Anerkennung. Er hatte so ziemlich alles falsch gemacht, was man im Umgang mit den eigenen Kindern falsch machen konnte. Und doch hatte er mich ein paar Fertigkeiten gelehrt, die ich jetzt gut einsetzen konnte. Das war mir heute Nacht bewusst geworden. Genauso wie mir bewusst geworden war, dass meine Mutter bei ihrer Aufräumaktion meine „Pussyblumen" von Franz Kitsch entsorgt hatte. Besser, ich fragte nicht nach, was so etwas heutzutage wert war.

Mein Vater war gerade am Frühstücken und ich hatte das Ansinnen der Pflegerin, ihn zu Ende zu füttern, abgelehnt. Ich wartete, bis sie ihm das letzte Stück des weichen Biskuits in den schief hängenden Mund geschoben, ihm aus der Schnabeltasse einen Schluck Kaffee angeboten und ihm dann endlich den Mund abgewischt hatte. Dann erst näherte ich mich dem Wrack, das mich die ersten Jahre meines Lebens tyrannisiert, verängstigt und gedemütigt hatte. Ich zog einen Stuhl heran und nahm Platz. Also saß ich da, neben dem dahinvegetierenden Stück Holz, und dachte, wir würden uns anschweigen wie immer und der Ekel vor dem betreuten Fegefeuer hier würde mich nach fünf Minuten wieder vertreiben. Doch irgendetwas an Vater wirkte verändert. Vielleicht funktionierten an diesem Morgen ein paar der in seinem Hirn verlegten Kabel. Entweder sie hatten die richtige Steckverbindung gefunden oder über Nacht war die Patina von den Kontakten abgekratzt worden, jedenfalls hatte er einen wachen Moment. Mit einem Mal kehrte Spannung in seinen Körper. Die in sich gesunkene Ruine richtete sich in seinem Rollstuhl auf und er blickte mich an. Es war zum ersten Mal seit Jahren, dass unsere Augen sich trafen und ich das Gefühl hatte, durch die Schale, die ihn umgab, hindurchstechen zu können.

„Es tut mir so leid", sagte er. Die Worte hatten keine Ähnlichkeit mit dem sonst üblichen sinnlosen Gebrabbel, das, wenn überhaupt, über seine Lippen kam. Ich beugte mich vor, ergriff seine Hand und spürte, wie mein Herz aufgeregt schlug.

„Ja?", sagte ich, während seine Hand sich in meiner kalt und glitschig anfühlte wie ein Fisch aus der Kühltruhe. „Du hast dich vielleicht ungerecht behandelt gefühlt …"

Ja, das stimmt, dachte ich in die Pause, die mein Vater machte. Er schaffte immer nur einen Satz am Stück, und den nur mit der Anstrengung eines Patienten, der nach Jahren im Koma seine Sprache wiederentdeckt hatte. Ich führte mein Gesicht nah an seines, damit ich ihn besser verstehen konnte. Er roch nach altem Mann, nach altem Fleisch, das am Verderben war, und nach den Salben, die man darüber schmierte, um diesen Prozess zu verlangsamen.

„Aber es stimmt nicht, dass ich dir deinen Bruder vorgezogen hätte …", sprach er weiter, bevor er seufzte. Ich drückte seine Hand, er furzte. Ich hätte darauf sehr vieles erwidern können, aber ich wollte diese schwache Verbindung zwischen uns mit meinem Widerspruch nicht stören. „Aber es ist eben so, dass man an den Erstgeborenen höhere Ansprüche stellt. Dass man ihn stärker prüft und fordert, während man den Nachgeborenen mit mehr Milde begegnet …"

Hatte ich das richtig verstanden? Offenbar lag hier eine Verwechslung vor. Ich musste das klarstellen: „Ich bin es, Cosinus, dein Zweitgeborener."

„Ich musste dir das sagen …"

„Was?"

„Ich habe deinen Bruder dir nicht vorgezogen, nur weil ich dich härter herangenommen habe. Ich wollte, dass du dich später einmal behaupten kannst."

„Papa, Ich bin Cosinus!"

Und plötzlich war da jetzt wieder der übliche Schleier in seinem Blick und sein Geist war hinter dem Vorhang aus Zahlenkolonnen verschwunden. Auch seine Körperhaltung war die übliche: Er sah aus wie ein Soufflé, das man zu früh aus dem Ofen genommen hatte. Die Pflegerin kam und sagte, dass man die Windeln wechseln müsse, und fragte mich, ob ich das tun wolle. Ich antwortete ihr, dass ich für den Erhalt ihres Arbeitsplatzes war und sie daher ihren Job selbst erledigen solle. Dann ging ich. Ich hatte jetzt wenigstens eine Erklärung, warum mein Bruder so ein Arschloch geworden war. Schon die mir zugedachten Prüfungen und Schikanen meines Vaters waren kein Honiglecken. Wenn er bei meinem Bruder tatsächlich noch strenger agiert hatte, dann musste das die Hölle gewesen sein.

„Der Herr Stadtrat bittet Sie, ein paar Minuten auf ihn zu warten, er wird sich leider ein wenig verspäten." Die Sekretärin führte mich in einen Vorraum von Braches Büro, der den spröden Charme eines Amtshauses in Wien versprühte. Gelbstichige Textiltapeten, denen man ansah, dass hier bis vor einigen Jahren noch geraucht werden durfte, und stumpfe Möbel, die vor allem dem Zweck dienten, sich hier nicht allzu wohl zu fühlen. Keiner der Petenten sollte zu lange bleiben. Ich setzte mich auf einen der Wartesessel.

„Wollen Sie vielleicht einen Kaffee?"

Ich war über das freundliche Angebot überrascht, auch wenn man damit rechnen musste, dass der Kaffee in solchen Büros seit Stunden auf der Warmhalteplatte stand. Offenbar war ich von Brache als VIP-Besucher angekündigt worden und bejahte daher freudig.

„Unten, im ersten Stock, ist der Automat."

Ich bedankte mich für die Information und blieb sitzen. Dann eben nicht. Die Sekretärin hatte ihre orange gefärbten Haare zu einem Knödel aufgesteckt, der mit der Nadel darinnen aussah wie ein gegrilltes Huhn am Spieß. Sie schlurfte in ihren Sandalen davon und nahm an ihrem Schreibtisch Platz. Dort verrichtete sie keine erkennbare Arbeit. Sie saß da und wartete. Ab und zu lächelte sie zu mir herüber. Vielleicht bestand ihre Job Description darin, dass sie auf Parteien zu warten hatte. Vielleicht war das Warten ihre Hauptaufgabe, und wenn es nur das Warten auf den Dienstschluss war.

„Haben Sie hoffentlich nicht zu lange gewartet?"

Brache riss mich aus meinen Gedanken. Er stürmte auf mich zu und drückte mir die Hand. Ich war aufgestanden und registrierte, dass der Politiker etwas größer war, als ich ihn von unseren anonymen Zusammentreffen in Erinnerung hatte. Er musste an die ein Meter neunzig erreichen. So betrachtet, konnte man wirklich von einem politischen Schwergewicht sprechen. Brache war ein wenig fett, aber das wusste ich ja von Marias Fotos. Auch wenn es mein Leben nicht unbedingt bereichert hatte, kannte ich Braches Körper bis hin zu den intimsten Details. Bilder, die ich gern verdrängt hätte, doch jetzt würde ich sie hervorholen. Jetzt war der Moment der Wahrheit gekommen.

Ich blickte auf die Uhr und sagte: „Bin eben erst gekommen."

Brache hatte ein Doppelkinn und eine fliehende Stirn, seine Augenbrauen waren trotz seines sonst brünetten Haartons semmelblond und seine Augen traten etwas vor. Nicht nur die Brauen waren heller, auch sein Schamhaar war es, wie ich wusste. Er trug ein Sakko aus hellblauem Stoff mit dunkelblauen, ineinander verlaufenden Quadraten, darunter ein weißes Hemd. Im Gesicht eine Brille aus schwarzem Kunststoff, das Logo eines Designers prangte auf dem Bügel. Diese Brille war vor Kurzem zum Stadtgespräch geworden, weil sie offenbar über ein Spesenkonto verrechnet worden war, was manche in Braches neuer Partei nicht goutierten. Ich fragte mich, warum es mich bei meiner Verkommenheit bislang nicht in die Politik gezogen hatte. Aber offenbar gab es sogar für mich eine Grenze.

„Sie sind also der Bruder von unserem Sino? ‚Mit Sino Gauß hast viel Applaus.' So hat er früher immer für sich geworben, wenn er Reden verfasste. Wie geht es dem alten Gauner? Ich hab ihn schon lange nicht mehr gesehen, der arbeitet ja jetzt vor allem für die Bundespartei."

„Ich rede nicht viel mit meinem Bruder", sagte ich und erntete dafür ein aufrichtiges Ochsengesicht. „Wir sind zerstritten", schob ich nach und Braches Mund stand weiterhin offen. Und bevor sein Stammeln sich zu sinntragenden Inhalten verdichten konnte, holte ich mein Handy und zeigte Brache eines der Fotos aus Marias Fundus. Darauf war Brache fast ganz nackt zu sehen, lediglich eine Uniform-Kappe der SS bekleidete seinen Kopf, während Maria sich eine Etage tiefer den kleinen Hans-Norbert in den Mund steckte. Brache hatte seine rechte Hand zum verbotenen Gruß erhoben, und als ich das Foto zum ersten Mal gesehen hatte, fragte ich mich, was ihn bei einer Veröffentlichung wohl schwerer beschädigen würde. Bei seinen Wählern vielleicht der Umstand, dass er sonst auf Familienmensch tat. Oft genug hatte er betont, wie gern er doch seine Familie mochte.

„Steck das weg", zischte er mich an. „Komm', wir gehen in mein Büro." Er schob mich an der Schulter in Richtung Tür. Und zur Sekretärin brüllte er: „Und zwa Kaffee, aber subito!"

Und während ich weiter in sein Büro geschoben wurde, hörte ich im Hintergrund das typische Brummen einer Nespresso-Maschine.

„Was willst du?"

Wir saßen an einem Besprechungstisch, Brache hatte seinen fülligen Körper auf das Sofa gewuchtet, ich saß ihm gegenüber und sah das Feuer in seinen Augen. Er hasste mich, das war klar.

Ich lächelte und sagte: „Den Mörder von Maria Schneider. Wollen Sie das Geständnis diktieren? Oder sagen Sie es einfach mir und ich kümmere mich dann um das Weitere."

„Spinnst du jetzt völlig?" Er war laut geworden und reagierte auch genauso unwirsch auf das Klopfen der Sekretärin, die den Kaffee servierte. Er wartete, bis sie den Raum verlassen hatte, dann beugte er sich vor zu mir und bekam mich an meinem Hemd zu fassen. „Wo hast du des her? Diese Fotos gehen dich nichts an."

Ich erzählte Brache, wie ich in den Besitz dieser Fotos gekommen war und dass ich davon noch sehr viel mehr hätte. Und jetzt passte auch alles ins Bild.

„Erst jetzt verstehe ich, wieso Sie Ihr Auto überall in Wien abstellen können und nie einen Parkschein oder eine Garage brauchen." Mir waren, kaum dass Boning mir seine Geschichte erzählte hatte, wieder die Bilder ins Gedächtnis gekommen, als ich den Autofahrer Brache zufällig mehrmals getroffen hatte. Ich sagte es ihm auf den Kopf zu: „Maria Schneider hat Sie erpresst."

Brache schlug mit der flachen Hand auf die Sitzfläche und sagte: „Blödsinn. Die Sache mit der Hintertür im Programm und in der Datenbank war doch ihre Idee!"

„Na dann erzählen Sie mal."

Und der Kommunalpolitiker erzählte, wie auch zuvor Boning geredet hatte. Mit der Einführung der RFID-Chips sollte das konventionelle Parkpickerl ersetzt werden. Als die Stadt den Auftrag zur Programmierung vergab, gab es einige Offerte, zum Zug gekommen war die Berliner Software-Firma von Boning. Brache witterte seine Chance, sich damit ein Zubrot zu verdienen. Denn bislang waren Zone und Dauer der Gültigkeit in einen Kleber gestanzt worden. Dank der eingesetzten Radio

Frequency Identification Data-Technologie, war das nun nicht mehr notwendig. Alles läuft über eine Datenbank im Hintergrund.

„Ja, es stimmt, ich habe Maria Schneider auf diesen Berliner Nerd angesetzt", gestand er mir.

Ich sagte: „Und ihn gezwungen, Ihnen einen Zugang zum System offen zu lassen."

„Nicht nur das", sagte Brache nicht ganz ohne Stolz, „er hat uns sogar die Handy-App, mit der unsere Kunden das steuern können, programmiert."

Mir fielen Bruchstücke des Abend ein. Maria, wie sie eine Vignette über den Tisch geschoben bekam. Maria, wie sie diese auf ihre Windschutzscheibe klebte. Die Garage des Hotels, wo sie ihren Wagen hatte. Verdammt, dachte ich, da war doch noch etwas.

Ich sagte zu ihm: „Sie sind uns an jenem Abend gefolgt, dann haben Sie einen günstigen Moment abgewartet, Maria im Hotel getötet und versucht, mir den Mord in die Schuhe zu schieben. Aber was wollten Sie mit der zugetackerten Vagina von Maria bezwecken?"

Brache schaute mich an. Er schien sich gefasst zu haben, die anfängliche Nervosität war verschwunden. Er lehnte sich zurück und sagte: „Ich habe keine Ahnung, wovon Sie sprechen und ich nehme an, Sie verschwinden wie ein Schaß im Wald, wenn ich jetzt auf der Stelle die Polizei anrufe und denen sag, wer die Nacht bei Maria Schneider verbracht hat."

Er hatte mich erwischt. Und war wieder in den Angriff übergegangen. Das anbiedernde „Du" war dem „Sie" gewichen, das aus der Distanz tötet. Aber noch bestand Balance. Ich konnte seine Karriere zerstören und er konnte mich endgültig an Parth ausliefern. Dieser Polizist hatte sich sowieso in letzter Zeit auffällig oft in meiner Nähe aufgehalten. Wir waren knapp vor einem Remis, wenn nicht eher an einem Patt dran. Keiner konnte mehr einen Zug machen, ohne sich selbst zu vernichten.

Ich musste einen Gang zurückschalten und sagte: „Die Fotos bekommen Sie natürlich von mir ausgehändigt."

Brache machte eine wegwerfende Geste. „Diese kleine Schlampe, ich hätte mir denken können, dass sie da irgendwo eine Kamera mitlaufen lässt. Aber warum hätte ich sie töten sollen? Wir waren ein gutes Team und die Sache mit unseren Parkvignetten lief gerade erst an."

„Was ist denn da so drin?"

„Naja, um die tausend Euro."

Um hier einen Millionenverdienst zu lukrieren, hätte das Duo aber eigentlich alle Autos von Wien damit bestücken müssen, und selbst wenn sich jeder zehnte Autofahrer in Wien so einen Kleber mit Spezialzugang besorgt hätte, wäre das eine Summe, die mir den Mord an Schneewittchen nicht zu rechtfertigen schien. Doch dann begann ich nachzurechnen: Bei rund siebenhunderttausend zugelassenen PKW war die Million bereits erreicht und überschritten, wenn nur ein Promille der Zulassungsbesitzer sich für so eine Alternative entschieden hatte.

„Die meisten von diesen All-you-can-park-Vignetten haben wir an Burgenländer und Niederösterreicher verkauft."

Ich pfiff durch die Zähne. An das Naheliegendste hatte ich nicht gedacht. All jene, die nicht einmal für eine einzige Zone eine Ausnahmegenehmigung erhalten konnten. Da war zweifelsohne ein Markt da. Kein Wunder, dass Wiens Straßen heillos zugeparkt waren. Ich hatte ein Motiv gefunden, das ich aber wieder verwerfen musste. Es sei denn, Maria wäre zu gierig geworden und hätte mehr verlangt oder hatte bereits begonnen gehabt, Brache mit den pikanten Fotos aus dem Geschäft drängen zu wollen. Aber sie hatte diesen Ordner als Pensionsvorsorge tituliert und wäre wahrscheinlich erst in ein paar Jahren bei Brache angetanzt oder wenn er einen Karrieresprung gemacht hätte. Oder wenn er sich aus der Politik zurückgezogen hätte oder... Das waren einfach zu viele Oders.

Brache musste es mir angesehen haben, dass ich zu zweifeln begann. Er beugte sich zu mir vor und sagte mit dem typischen Politikerlächeln: „Ich habe ein Alibi für die Mordnacht." Er zeigte mir ein Foto, wo er neben dem Vizekanzler abgebildet war. „Sie können das in den Seitenblicken, den Society Reports und auch bei der Polizei, die den Personenschutz gestellt hat, nachprüfen." Er verschränkte die Arme vor seinem Bauch. Jetzt hatte er mich am Arsch, denn ich hatte nun nichts, was ich ihm anbieten konnte. Mit Ausnahme der kompromittierenden Bilder. Doch irgendwie wollte ich nicht mehr an deren Sprengkraft glauben. Brache hatte sich viel zu wenig davon beeindruckt gezeigt.

„Die Fotos sind übrigens ein Fake", sagte er. „Die hat Maria für mich als Auftragsarbeit angefertigt. Ich kannte sie bereits. Sie müssen wissen, meine Frau kommt aus Ebensee und ihr Großonkel war dort der Ortsvorsteher bei den Nazis gewesen. Manchmal erfreue ich sie mit so gestellten Aufnahmen, die sie an die gute alte Zeit erinnern."

„Na, aber wenn das an die Öffentlichkeit gelangt?"

„Was dann? Man erkennt mich doch gar nicht. Haben Sie sich das Foto genauer angesehen?"

Er hatte recht. Das Gesicht war von einem Schlagschatten verdeckt und die Kappe war so weit über die Stirn gezogen, dass man Brache eigentlich gar nicht erkennen konnte, wenn man es nicht wusste. Ich hatte mich von Marias Ordner-Bezeichnung irreleiten lassen.

„Und die anderen Aufnahmen?"

„Können Sie beweisen, dass das ich bin? Dass es sich hier nicht um eine Fotomontage handelt?"

„Ich nicht, aber ich habe einen Mitarbeiter, der sowas feststellen kann."

„Ich hoffe, Sie sprechen nicht von Laurenz Keller. Ich weiß, dass sie auf seine Dienste zählen, aber Sie sind eben nicht der Einzige."

Das vermeintliche Remis entwickelte sich zu einem blutigen Schachmatt für mich. Oder, um in der Welt der Boxer zu bleiben: Brache hatte mir einen Schwinger versetzt und ich torkelte und war knapp vor dem K. O.

„Woher kennen Sie Eddie?“ Ich hing in den Seilen, versuchte mich zu halten.

„Was glauben Sie, wozu ein Politiker wohl einen Hacker braucht? Außerdem hat er gemeinsam mit Boning die App für unseren Parktraum entwickelt.“

Das Seil gab nach und ich ging zu Boden.

19.

Eddie stritt nichts ab, als ich ihn mit Braches Aussage konfrontierte. So sei das eben als Freelancer der IT-Kriminalität, hatte er mir trocken erklärt. Brache musste jeden meiner Schritte gekannt haben. Auch dank Eddie. Und als ich über meinen Bruder um den Termin gebeten hatte, da war die Falle zugeschnappt. Ich hatte nichts Brauchbares gegen ihn in der Hand. Natürlich, diese ganze Korruption um die manipulierten Parkkleber, das war schon was, half mir aber nur bedingt, den Mord an Maria Schneider aufzuklären. Ich steckte immer noch bis zum Hals in der Scheiße und immer mehr Menschen wussten das auch.

Ich war zu Hause und ehrlich gesagt nervte mich die Anwesenheit von Clara etwas. Sie hatte eine weitere Droh-Mail auf ihr Handy bekommen und Eddie hatte mir dazu gesagt, dass es in solchen Fällen fast nicht möglich sei, den Absender zu finden. Hunderte Internet-Cafés gebe es, in denen man so etwas ganz einfach verschicken konnte. Auch ich hatte eine Droh-SMS bekommen. Von Ratko. Jetzt forderte der Gauner sein Geld sogar selbst ein. Ich rief ihn sofort zurück und beim zweiten Versuch hob er tatsächlich ab. Ich fragte ihn, was das soll, warum er mir nicht vertraue.

„Es ist mir eigentlich egal, dass du meine Alte knallst", antwortete er mir, „aber, dass du deine Schulden nicht bezahlst, kann ich dir nicht durchgehen lassen. Freitag ist Zahltag. So oder so, du wirst bezahlen."

Es war Mittwoch.

Ich saß immer noch da und versuchte, die Puzzlestücke meiner Nachforschungen zu einem Bild zusammenzufügen. Es passte aber nichts zusammen. Ich hatte interessante Details über alle bisherigen Protagonisten zusammengefunden. Den sexsüchtigen, korrupten Lokalpolitiker. Die eifersüchtige Lesbe. Den unter der Fuchtel seiner Ehefrau stehenden Programmierer.

Ja, sogar Eddie musste ich irgendwie in dieses Kartenhaus einbauen, auch wenn ich ihn geistig von der Liste der Verdächtigen gleich wieder streichen wollte. Und da waren noch der Märchenprinz aus Kärnten, der sich jetzt das Erbe seines Vaters durch die Nase zog, und zu guter Letzt Renko, der Vertreter des Großkapitals, der aber ein Alibi hatte. Und auch die Sekretärin aus der Agentur, die nun die letzten Aufträge abwickelte. Doch was sich meinem inneren Auge offenbarte, war nichts mehr als ein kubistisches Gemälde, bei dem nichts zusammenpasste. Der Busen lag am großen Zeh und das Ohr wuchs aus der Nase. Und doch war alles da. Man musste es nur richtig ordnen. Bei diesem Vergleich fiel mir das Plakat ein, das ich beim Verlassen des Asiaten am Vortag gesehen hatte. Ich suchte die Adresse aus dem Internet und fragte am Telefon an, ob die Galerie jetzt geöffnet sei. Ja, und sie würde in drei Stunden schließen, bekam ich zur Antwort. Am Abend sollte nämlich eine große Retrospektive eröffnet werden.

Ich verabschiedete mich von Clara, die bockig monierte, dass sich jemand um ihre Bar kümmern müsse und es im Kühlschrank weder etwas zu essen oder zu trinken gab. Ich deutete auf einen Zettel mit der Speisekarte eines Lieferdienstes und verließ das Haus.

An meinem Scheibenwischer klebte ein weiterer Strafzettel und ich dachte mir, ich hätte von Brache im Gegenzug für mein Schweigen eine seiner All-inclusive-Vignetten verlangen sollen. Ich beschloss, zu Fuß zu gehen, da es in der Innenstadt ohnehin kaum Abstellmöglichkeiten für PKW gab.

Die Galerie Helfinger war in den Räumen eines alten Bürgerhauses aus dem Mittelalter untergebracht. Es hatte schiefe Wände und an den Mauern bildeten sich einzelne Blasen. Es lag im Schatten der Kirche der Franziskaner am gleichnamigen Platz, der von blühenden Oleanderstöcken gesäumt war. Im Sommer hatte man das Gefühl, in einem römischen Hinterhof gelandet zu sein. Die Galerie breitete sich im gesamten Erdgeschoss aus und durch die großen Auslagenscheiben konnte man schon Weitem die Exponate sehen. Das mir bekannte Plakat wies auf die Franz Kitsch gewidmete Ausstellung hin. Mein versauter Künstler war also ein anerkannter Künstler.

Ich betrat die Galerie und wurde von einer groß gewachsenen, hageren Frau in ungefähr meinem Alter begrüßt. Sie hatte die grauen Haare auf einen Zentimeter gekürzt, trug einen grauen Einteiler, der bis zu den Knien reichte und ihre schlanke Figur betonte, und um den Hals eine wuchtige Kette aus schwarz polierten Steinen.

„Ja?" Sie sah mich fragend an, als wäre es ganz klar, dass ich mich in der Adresse geirrt haben musste, und ich wunderte mich, ob man mir den Kunstbanausen schon auf den ersten Blick ansah.

Ich sagte: „Ich habe vorhin angerufen."

Sie legte die Unterlagen, die sie in Händen hielt, auf den Glastisch und machte die zwei Schritte, die uns trennten, auf mich zu und reichte mir die Hand.

„Katrin Kail, angenehm. Von welcher Zeitung sind Sie nochmal?"

Es stellte sich heraus, dass Kail die Kuratorin der Ausstellung war und auf einen Journalisten wartete, der einen Bericht darüber machen wollte. Ich stellte den Irrtum klar und erntete dafür einen abwertenden Blick, der den Vorwurf beinhaltete, warum ich ihr die kostbare Zeit stehle.

„Ich interessiere mich für Franz Kitsch", sagte ich.

„Wollen Sie kaufen?"

„Nein, verkaufen. Was kann man den für so etwas bekommen?" Ich zeigte auf das Plakat mit der Pussyblume.

Obwohl die Kail das Plakat wohl kennen musste, drehte sie sich danach um und sagte dann: „Ich glaube nach der Arbeit für diese Retrospektive kenne ich den Markt ganz gut und weiß, dass solche Bilder derzeit nicht in Umlauf sind. Was ist denn Ihre Quelle?"

„Das Atelier des Künstlers."

Erstmalig hatte ich die Kail in Staunen versetzt. Sie fuhr mit ihrem Blick an mir entlang und verschwand dann zu einem der Regale, wo sie eine Biografie hervorholte und schnell darin blätterte, bis sie gefunden hatte, was sie suchte. Sie kam mit dem aufgeschlagenen Buch auf mich zu und ihr Blick war nun um einiges milder geworden. Plötzlich schien ich als Gesprächspartner akzeptiert.

Sie sagte: „Es gibt in Kitschs Biografie tatsächlich ein paar Lücken. Eine davon, gegen Ende seines Schaffens, dauerte ein paar Monate und es gibt das Gerücht, dass er sie in Wien verbracht haben soll.

„Hat er", sagte ich und fragte nochmals nach dem Wert eines solchen Werks.

„Ein unbekannter Kitsch wäre eine Sensation", sagte Kail. „Es kommt natürlich darauf an, ob ..."

„Ob was?"

„Also, wenn es sich tatsächlich um einen Kitsch in vergleichbarer Qualität zu den hier ausgestellten Werken handelt, dann reden wir von zwei bis dreihundert ..."

„Euro?"

„Tausend!"

Ich musste schlucken.

Ich saß seit zwei Stunden in der Kanzlei und dachte darüber nach, wohin meine Mutter die Bilder von Kitsch verbannt haben könnte.

„Ruf sie doch an", sagte Dragana. Dieses Luder kam immer mit den einfachsten Vorschlägen, die aber sinnlos waren.

„Hab ich doch schon. Mehrmals sogar. Aber die Alte ist wieder irgendwo unterwegs, keine Ahnung, wo, und steckt wieder in einem Sendeloch."

Tatsächlich hatte ich wie ein abgewiesener Liebhaber, der sich im Trotz auf Stalking verlegt, die Nummer meiner Mutter in der letzten Stunde sicher zwanzigmal erfolglos probiert. Oft kam nicht einmal ein Zeichen, dann brabbelte wieder eine Stimme in einer unverständlichen Sprache etwas daher, das sie in einem weiteren Sermon, der wohl so was wie Englisch sein sollte, wiederholte. Die Ansagen klangen mehr nach einem Unfall. Ineinander verkeilte Stimmbänder, die nur Gutturallaute hervorbrachten. Wahrscheinlich war die alte Dame in die Mongolei aufgebrochen, um auf wilden Kamelen durch die Wüste Gobi zu reiten. Aber, wie gesagt, das waren noch die erfolgreichen Telefonate. Meist kam gar kein Signal oder ein Tonband sagte auf Deutsch, dass die gewünschte Nummer nicht vergeben sei. Vor Wut pfefferte ich mein Handy in eine Ecke. Zum Glück landete es jedoch am Sofa, wo ich gestern mit Gabi Walther zugange gewesen war, als uns der Polizist von weiteren Intimitäten abgehalten hatte.

Als Dragana in den Raum kam und mein Handy aus der Polsterspalte hervorholte, erinnerte mich das an ein anderes Bild, ich konnte aber nicht genau bestimmen, an welches.

„Warum musst du denn deine Mutter so dringend erreichen?"

„Das geht dich nichts an", sagte ich unwirsch.

Dragana legte das Handy auf den Tisch und beugte sich vor. Sie trug ein enges Top, das tiefe Einblicke gewährte, allerdings zwängte es auch ihren Bauch ein, der eine Falte über dem Rock bildete. Ich hütete mich davor, Dragana zu erzählen, dass ich vielleicht demnächst an Geld kommen könnte. Womöglich erzählte sie es Ratko, der seine Schuld dann auf diese Weise eintrieb, oder sie würde sich das Bild selbst unter den Nagel reißen wollen. Der Katechismus des Verbrechens sagt, dass ein Gauner niemals einem anderen Gauner vertrauen darf. Dragana beugte sich noch mehr vor, es war schon fast peinlich, wie sie ihre Dinger hervorholte.

Ich sagte: „Lass das!"

„Warum? Das hat dir doch früher auch gefallen?"

Ich muss zugeben, ein wenig zurückhalten musste ich mich

wirklich, dass ich nicht in die Vollen griff, aber ich beherrschte mich und sagte: „Ratko weiß, dass wir manchmal miteinander schlafen."

Dragana ließ ihren Ausschnitt los und schon war wieder alles da, wo es hingehörte. Sie richtete sich auf und schickte sich an, mein Büro zu verlassen, als sie vor der Tür zur Salzsäule erstarrte.

Langsam drehte sie sich um, dann sagte sie: „Wenn er das eh schon weiß, dann könnten wir es doch jederzeit machen." Sie streifte ihren Rock über ihre Hüften und tänzelte mit wippendem Becken auf mich zu. „Wir könnten es gleich hier tun." Sie deutete auf das Sofa und mich beutelte ein Schüttelfrost. Normalerweise war ich der Geile, der ständig auf einen außerehelichen Koitus drängte, während Dragana sich meistens zierte. Heute war wohl alles verkehrt herum. Außerdem hatte Ratkos Freibrief den Reiz des Verbotenen zerstört und überhaupt hatte ich jetzt Wichtigeres zu tun!

Dragana trug schwarze Kniestrümpfe und hatte mittlerweile ihr Höschen ausgezogen. Sie trat an mich heran und stellte ihr rechtes Bein auf meinem linken Schenkel ab. Ihre pflaumenfarbene Spalte war nicht zu übersehen und ich schaffte es auch nicht, den Blick davon abzuwenden.

„Wenn du meine Mutter wärst, wo würdest du die alten Bilder, wenn du sie austauscht, hintun?", fragte ich sie unbeirrt.

Ich hatte es geschafft. Dragana zog ihr Bein zurück und holte ihren Slip vom Boden. Ich Blick war zu einer Massenvernichtungswaffe geworden. Sie holte sich von draußen eine Zigarette, die sie provokant unter meiner Nase anzündete. Ich unterließ den üblichen Protest angesichts ihres Gesichtsausdrucks. Sie blies den Rauch in meine Richtung und fragte: „Meinst du diese Scheußlichkeiten an deinen Wänden?"

Dragana kannte meine Wohnung in ihrem früheren Zustand, das neue Styling hatte sie noch nicht gesehen. Ich nickte.

Sie drückte ihre halb gerauchte Zigarette mit einer Kraft, mit der man normalerweise fette Käfer zerquetscht, auf einem Akt von mir aus und sagte: „Ich hätte sie weggeschmissen. Oder besser verbrannt."

Sie zog ab und draußen die Tür zu. Ich lernte, dass man seine Sekretärin ausbeuten und schikanieren durfte, aber ja nicht zurückweisen. Zugleich ärgerte ich mich. Was musste die Zicke gleich so spinnen? Ich hatte mich nie so aufgeführt, wenn sie mal nicht wollte, und das war oft genug gewesen. Mein klingelndes Handy hielt mich davon ab, ihr nachzulaufen und ihr meine Meinung zu geigen.

„Du Missgeburt, was bildest du dir eigentlich ein?" Mein Bruder, keine Frage.

„Geh sterben, du Ziegenficker." Dieses Schimpfwort hatte ich zwar von Böhmermann geklaut, aber es gefiel mir, weil es genau für die politische Hetze stand, die von der Partei meines Bruders ständig betrieben wurde. „Ich war beim Alten, also lass mich im Kraut!"

„Das meine ich doch gar nicht, du Vollpfosten. Wie kannst du mich bei Brache so in Verruf bringen? Da tu ich dir einmal einen Gefallen und dann fällst du mir so in den Rücken."

Grundsätzlich taten wir das, seit wir aus der Pubertät waren. Nach den ersten Allianzen im Volksschulalter entwickelten wir uns in der Oberstufe des Gymnasiums völlig unterschiedlich und empfanden uns bald als Konkurrenz und ließen keine Gelegenheit aus, dem anderen zu schaden. Doch nun brachte mich dieser Vorwurf auf eine Idee: „Möchtest du nicht Braches Funktion übernehmen?"

Anstatt einer sofort ausgesprochenen entrüsteten Verneinung herrschte am anderen Ende der Leitung für ein paar Sekunden Schweigen. Mein Bruder dachte darüber nach, dann sagte er: „Dazu müsste ich ihn gnadenlos absägen."

„Dabei kann ich dir helfen."

„Was willst du dafür?"

„Du musst die nächsten zehn Mal zum Alten gehen, wenn etwas mit Mutter ist.“ Wie schon als Kinder gaben wir nichts, ohne uns im Abtausch dazu einer lästigen familiären Pflicht zu entledigen.

„Kommt drauf an, was du dafür zu bieten hast“, blieb mein Bruder zunächst noch skeptisch.

Doch dann erzählte ich ihm, was ich über Brache wusste, vor allem von den Fotos, die er angeblich für seine frigide Frau angefertigt haben wollte.

Da hörte ich Sino zum ersten Mal seit Jahren lachen: „Was? Mit abgebundenen Eiern macht er den Hitlergruß? Und das soll seine Alte antörnen? Der Typ ist ja krank!“

„Ja, und mit meiner Hilfe wirst du ihn los.“

Mein Bruder stimmte mir zu. Auch das ein Novum. Er betonte, dass man das aber nur leise und parteiintern auf kleiner Flamme köcheln lassen durfte, bis Brache von selbst die Konsequenzen zog. Da gab es in letzter Zeit ja durchaus andere Vorbilder dazu in der Partei. Die Sache mit der Parkvignette behielt ich noch für mich, allein die Fotos würden Brache in Bedrängnis bringen.

„Wir haben einen Deal“, sagte mein älterer Bruder und ich versprach, ihm das belastende Material schnell zu übermitteln. Dann fragte ich ihn, ob er etwas von unserer Mutter gehört hatte.

„Weißt du es nicht?“, beantwortete er meine Frage mit einer Gegenfrage.

„Nein, was?“, fragte ich.

„Sie ist im Engadin, in einem so verwinkelten Tal, dass es den halben Tag finster ist, und Handyempfang hat man dort auch keinen.“

Ich hatte meine Antwort, warum ich sie nicht erreicht und die Tonbandansage nicht verstanden hatte. Die Schwyzer! Bevor er auflegen konnte, sagte ich noch: „Sino …?“

„Ist noch was?“

Ich erzählte ihm die Episode, als mich unser Vater mit ihm verwechselt hatte.

Er fragte mich, worauf ich hinauswolle. „Warum erzählst du mir das?"

„Ich dachte immer, du wärst als der Ältere fein raus. Dass er nur mich schikaniert hat. Erst jetzt weiß ich, dass du es noch schwerer hattest."

Ich hörte, wie er schwer schluckte, dann legte er auf. Ich fühlte mich nicht gut. Aber ich war eine Last losgeworden.

Ich betrachtete mein Handy. Das Display war erloschen und schwarz. Das Gerät fühlte sich warm in meiner Hand an. Auf einmal hatte ich das Bild wieder. Ein Handy klingelte, ich hatte es auch in der Hand. Dann war es weg. Dafür war jetzt das Bild, das ich vorhin gesucht hatte, wieder da.

Die Einfahrt in die Garage war von einem Rollgitter verschlossen. Ich musste warten. Direkt über dem Automaten an der Rampe war eine Überwachungskamera montiert. Hätte ich ein Ticket gezogen, wäre das Tor zwar in die Höhe gefahren, aber die Gefahr wäre zu groß gewesen, dass jemand an der Rezeption sich dafür interessierte, wer da die Einfahrt benutzte, und auf den Monitor blickte. Hoffnungsvoll sah ich jedem Auto entgegen, das sich langsam dem Hotel näherte, wurde aber fast fünfundvierzig Minuten lang enttäuscht, bis endlich ein weißer Mercedes mit Stuttgarter Kennzeichen kam und den Blinker betätigte. Ich trat ein wenig zurück, damit ich nicht sofort im Bild war oder das Interesse des Stuttgarters weckte. Endlich öffnete sich der Sesam, und nachdem der Wagen im Untergrund verschwunden war, schlüpfte ich schnell hinein, bevor der Eingang wieder verschlossen war. Ich streifte Gummihandschuhe über und machte mich auf die Suche. Die Neonröhren über mir surrten hochfrequent, aus der Ecke kam das etwas tiefere Brummen eines Transformators. Ich hörte das Quietschen der Reifen, als der Mercedes ins Untergeschoß fuhr.

Die Garage hatte zwei Etagen und ich musste zunächst sämtliche Mistkübel, ausfindig machen und im Müll graben. Immer wieder schaltete sich das Licht aus und ich konnte mich, bis der Sensor reagiert hatte, nur an dem schwachen Licht, das den Weg zum Notausgang wies, orientieren. In der Dunkelheit fühlte ich mich wie der Letzte einer untergegangenen Zivilisation. Ich hoffte, dass die Behälter nicht allzu oft ausgeleert würden, denn sonst käme ich zu spät. In der oberen Etage blieb ich erfolglos. Meine Sorge, dass man hier Reinlichkeit großschrieb, wuchs mit jedem Mülleimer, den ich erfolglos durchstöbert hatte. Als ich in einem eine Zeitung fand, die drei Wochen alt war, wuchs meine Hoffnung wieder, bis ich endlich gefunden hatte, wonach ich gesucht hatte. Ich zog Marias Mobiltelefon aus dem vorletzten Behälter und prüfte, sobald ich die hinderlichen Handschuhe losgeworden war, nach, ob es noch funktionierte. Das Display war dunkel und das Gerät ließ sich nicht einschalten. Ein rotes Zeichen, das beim Drücken des Einschaltknopfs erschien und an einen Blitz erinnerte, bedeutete, dass man es aufladen musste. Ich war so vertieft, dass ich gar nicht bemerkt hatte, wie sich jemand hinter mir gegen die Wand gedrückt haben musste. Das Licht ging wieder aus.

Plötzlich spürte ich eine fremde Hand auf meiner Schulter. „Es wird Zeit, dass wir Tacheles reden."

20.

Ich habe mich oft gefragt, warum Maria das getan hatte, warum sie sich dafür hergegeben hatte, mit Männern wie Brache zu schlafen oder arme Würstchen wie Justus Boning hereinzulegen. Noch lange, nachdem das Rätsel um ihren Tod gelöst war, ließ mich die Frage nach dem tieferen Zusammenhang nicht zur Ruhe kommen.

Ich hatte noch ein paar Mal Clara getroffen, die meine Wohnung, kaum dass klar schien, dass ihr keine Gefahr mehr drohte, verlassen hatte. Sie schien die Zerrissenheit in Maria nicht bemerkt zu haben oder der Umgang mit Marias dunkler Seite war ihr einfach emotional zu aufwendig. Sie waren eben niemals ein Pärchen gewesen, das Händchen haltend den Sonnenuntergang abwartete oder sich mit vielen kleinen Zärtlichkeiten über den Alltag rettete. Clara war sehr auf sich bedacht und ihre volle Aufmerksamkeit galt ihrer Bar. Kein Wunder, dass ihr oft nicht aufgefallen war, wenn Maria mal über Nacht wegeblieben war.

Ich war dank Marias Eltern an eine Vielzahl alter Fotos gekommen, Kinderaufnahmen. Die beginnende Schönheit konnte man schon vorausahnen, die zeichnete sich bereits ab, doch ihr Gesicht war vor allem von heiterer Unschuld und Freude gekennzeichnet. So hatte ich sie nicht kennengelernt. Ihr Lächeln, ihr Selbstbewusstsein, ihr Draufgängertum, all das musste eine Rolle gewesen sein. Die sie gespielt hatte, die sie sogar perfekt gespielt hatte, die aber doch nur eine Rolle gewesen war und nicht aus ihrem Innersten kam. Ich verabredete mich sogar mit Katharina Neworal alias Miss Kitty, um mehr über Marias Privatleben zu erfahren. Ich führte sie aus und wir genossen die am Punkt gebratenen Jakobsmuscheln und danach einen Hummer, dessen weißes Fleisch beinahe blendete und der auf der Zunge zerging.

Bei meiner Suche nach dem wahren Ich von Maria Schneider hat mich das aber nicht weitergebracht. Kitty kannte auch nur die Maria Schneider, die sich aus kalter Berechnung vor einigen Wochen irrtümlich an mich herangemacht hatte. Eiskalt war genau das Wort, mit dem Kitty Marias Charakter beschrieb.

21.

Kaum hatte ich Marias Handy so weit betriebsbereit, dass es mir seine letzten Geheimnisse verraten hatte, machte ich mich noch am Abend zur Wohnung von Gabi Walther auf. Sie schien von meinem Besuch wenig überrascht, als ich an ihrer Tür läutete und sie mir öffnete. Sie hielt ein Messer in der blutigen Hand und hatte eine Schürze umgebunden, auf der eindeutig Blutflecken zu erkennen waren. Darunter ein schwarzes Cocktailkleid.

„Ich hab mir schon gedacht, dass du bei mir aufkreuzen wirst“, sagte sie. „Komm rein, ich bin grad am Kochen.“

„Bist du allein?“

„Ja, mein Mann kommt so in einer Stunde, aber da möchte ich unser Abendessen fertig haben.“

Ich betrat das Vorzimmer und folgte Gabi in die Küche. Zuvor blickte ich mich um. Es standen keine Herrenschuhe herum und an der Garderobe war nur Damenkleidung aufgehängt. Herr Walther war nur ein Hirngespinst. Eine pathologische Sehnsucht. Ich lehnte die Tür an. Im Vorraum roch es nach Lavendel. Ein Duft, mit dem sich Gabi oft umgab.

„Ich mache Bœuf Stroganoff, aber leider hat mir der Fleischer ein zu wenig abgehängtes Stück Rind verkauft.“ Auf einem Schneidbrett lag ein Stück rohes Fleisch, das in einer Blutlacke schwamm.

Die Wohnung war eng und jedes Eck war zugestellt. Die Wände voll mit Bildern, unter all den aufgehängten Fotorahmen konnte ich die Farbe nur erahnen. Ich tippte auf ein schmutziges Ocker. Die Bilder zeigten Aufnahmen von Gabi mit ihrem Mann. Ich erkannte ihn sofort.

„Nimm doch Platz“, forderte mich Gabi auf, immer noch das Messer in Händen. Die Küche ging in den Wohnbereich über. Eine Küchenzeile an der Wand, die Schränke über der Arbeitsplatte waren bis zur Decke hin mit Vorratsdosen vollgestellt, als Trennlinie zum Wohnraum ein Küchenblock und eine frei schwebende Dunstabzugshaube darüber, in die es dampfte. Ich setzte mich an den kleinen Tisch, der zwischen Kommoden, Regalen und den Herd geklemmt war. Der Tisch war gedeckt. Für zwei. Mehr Platz war auch nicht. Dekortiert mit verstreuten Rosenblättern am Porzellan und am weißen Spitzentischtuch. Ich stieß an eines der langstieligen Weingläser an und der helle Klang des schwingenden Kristalls ließ Gabi den Kopf in meine Richtung heben.

„Nimm dir doch was zu trinken", sagte sie und deutete mit dem Kochlöffel auf die in einem Kühler stehende Weißweinflasche.

Ich weiß nicht, warum ich an diesem Abend Hemd und Krawatte trug, aber mir wurde heiß und ich öffnete den Knoten des Stricks um meinen Hals sowie den obersten Knopf meines Hemds, bevor ich mir tatsächlich ein Glas Wein einschenkte.

„Ich will nicht stören", sagte ich. „Wahrscheinlich kommt dein Mann bald."

„Tu dir keinen Zwang an", sagte sie, „er wird heute doch nicht kommen, wir beide können gleich essen."

Wieso wunderte es mich nicht, dass ich weder ein Handy klingeln noch Gabi telefonieren gehört hatte? Ein verführerischer Duft, der sich wie eine Wolke im Raum verteilt hatte, weckte meinen Appetit. Dabei war ich alles andere als zum Essen gekommen.

Wenig später standen zwei Teller vor uns und zwei dampfende Schüsseln, die eine gefüllt mit Reis, die andere mit dem Fleischgericht. Gabi teilte aus. Wir aßen schweigend. Sie wirkte ruhig und die Situation erweckte den Anschein der Alltäglichkeit, als wäre dieses gemeinsame Essen Routine zwischen uns. Ich leerte meinen Teller und lehnte höflich einen Nachschlag ab. Gabi nickte und servierte das Geschirr ab. Sie brachte es in die Küche, und als sie sich wieder zu mir umdrehte, schlüpfte sie aus ihrem Kleid. Sie trug einen schwarzen Spitzen-BH und einen hauchdünnen Stringtanga, durch den man ihre rasierte Möse durchblitzen sah. Sie sagte: „Den Nachtisch nehmen wir bei mir im Schlafzimmer“ und trat auf mich zu und nahm mich an der Hand.

Ich entzog sie ihr und sagte: „Deswegen bin ich nicht gekommen. Wir müssen reden.“

„Nachher.“

„Nein, gleich!“

Gabi machte einen Schmollmund wie ein kleines Mädchen. Ich bat sie, sich wieder zu setzen. Dann zog ich Marias Handy aus meinem Jackett und hielt ihr das Display mit der Nachricht Bald wirst du für alles bezahlen du Schlampe vor ihr Gesicht. „Das hast du an Maria geschickt. Von einem Internet-Café aus.“

Gabi schüttelte den Kopf und lächelte. „Warum sollte ich das tun?“

„Weil du sie umgebracht hast.“

„Wir waren Freundinnen“, Gabis Augen füllten sich mit Tränen.

„Ja, bis zu dem Tag, als ihr um den hier gewettet habt. Deinen *Mann*“, sagte ich und deutete auf das Foto hinter mir, auf dem Gabi mit dem hübschen jungen Mann zu sehen war. Parth hatte mir von ihm und seiner Einvernahme erzählt. „Ja, ihr wart Freundinnen“, sagte ich. „Bis zu dem Moment, als du Maria erneut herausgefordert hast, diesmal mit hohem Einsatz.“

„Hagen war mein Mann!“, sagte sie zornig und stieß dabei eines der Gläser um.

„Und du hast ihn verwettet.“

„Wir wollten heiraten.“

„Und du hast es vermasselt.“

Sie blickte mich aus engen Schlitzen voll des Hasses an, doch ich musste meine Theorie weiterspinnen und das zusammenführen, was ich aus unzähligen Gesprächen in den letzten Tagen erfahren hatte.

„Du dachtest, Hagen wäre dir auf jeden Fall treu und er würde sogar Maria widerstehen können."

„Es war eine besoffene Geschichte", sagte Gabi. „Ich konnte ja nicht wissen, dass sie das ernst nimmt."

„Du hast sie doch weiterhin mit deinen anderen SMS provoziert. Du wolltest einfach die Bessere sein."

Maria hatte Hagen verführt und daraufhin war die Freundschaft zwischen den beiden Frauen, die aber über ihren Job für die Agentur weiter verbunden waren, zerbrochen. So weit die Kurzfassung.

Gabi hatte zu weinen begonnen. Sie stand auf und holte sich eines der Bilder und drückte er an ihre Brust.

„Du hättest Hagen verzeihen können. Du hast dich ja auch an andere Männer herangemacht."

Sie schleuderte das Bild auf den Boden, das Glas splitterte. „Das war doch etwas völlig anderes", brüllte sie mich an.

Ich wollte die Situation nicht zum Eskalieren bringen, noch nicht. Ich blieb daher ruhig. „Ich habe mich gefragt, wann du den Plan für deine Rache geschmiedet hast. Wahrscheinlich, so denke ich mir, sofort. Aber warum hast du dir dann so lange Zeit gelassen? Diese Frage hat mich lange beschäftigt. Es war sozusagen mein fehlendes Puzzlestück, um das Bild zu komplettieren."

„Warum laberst du so viel? Wen, glaubst du, interessiert das?" Gabi blies sich die Haare, die nun in wirren Bahnen auf ihrem nassen Gesicht klebten, von den Augen. Ihr Blick war kalt. Sie schien bereit für das Finale.

„Dann mache ich es kurz", sagte ich und holte zum finalen Schlag aus. Auch diese Information hatte ich Parth zu verdanken, als er mich am Nachmittag in der Tiefgarage des Hotels abgepasst hatte. „Du hast Maria vorgespielt, dass du ihr die Sache längst vergeben hast, aber in deinem kranken Hirn hast du weiter Rachepläne geschmiedet. Du hast sie leise köcheln lassen wie dein Bœuf Stroganoff, das du auch immer vorbereitet hast, sollte sich jemand zu dir verirren." Mir war gleich aufgefallen, dass die Prozedur vom rohen Fleisch zum fertigen Essen vorhin viel zu schnell gegangen war. „Dir war dann gar nicht so unrecht, wie Maria Hagen überredet hat, für die Agentur zu arbeiten. So konntest du in seiner Nähe bleiben. Du hast immer noch gehofft, dass er wieder zu dir zurückkehrt."

„Ich habe doch Schluss gemacht mit ihm", schrie Gabi. Sie wischte jetzt den Rest der Gläser vom Tisch.

„Meine Information ist anders. Hagen warst du zu durchgeknallt und er war froh, wie das mit euch aus war. Gabi, du bist krank!"

Gabis Blick hetzte durch den Raum wie ein flüchtender Hase, der Haken schlägt.

Ich versuchte, meine Stimme ganz ruhig und tief klingen zu lassen. „Gabi, du brauchst Hilfe." Ich dachte an die Leichen, daran, wie sie Maria in ihrem Intimbereich geschändet hatte. Sie hatte sich an ihrer Rivalin damit gerächt, dass sie ihr das Werkzeug, fremde Männer zu verführen, genommen hatte. Ich zog den nächsten logischen Schluss: „Und weil Treu das alles geahnt haben muss und sich wahrscheinlich Vorwürfe gemacht hat, dass er dich weiter beschäftigt und damit in Marias Nähe gelassen hat, musste auch er sterben." Und zur Sicherheit hatte sie ihm die Zunge angetackert, damit er den geplanten Verrat nicht begehen konnte.

Gabis Blick war nun leer und ihre Schultern hingen hinab. Sie sagte: „Mir geht es nicht gut. Ich brauch meine Medikamente."

Sie ging hinaus und ich hörte, wie sie in einem Schrank etwas zu suchen schien. Wahrscheinlich war sie im Bad und stöberte in ihren Arzneischrank nach der richtigen Pille. Dabei hatte ich meine Theorie noch gar nicht zu Ende ausgeführt. Warum sie zu morden begonnen hatte. Ich denke, der Auslöser war, wie Hagen geerbt hatte. Der Mann, den sie durch ihre Freundin verloren hatte, war nun reich und sie hätte an seiner Seite ein unbeschwertes Leben führen können.

Ich hoffte, dass die Tablette, die sie bereits eingeworfen hatte, einen weiteren Schub verhinderte, denn dass die Tussi kaputt in der Birne war, hatte sie zur Genüge bewiesen. Es musste eine Wunderpille sein, die man ihr verschrieben hatte, denn als sie zurückkam, hatte sie wieder einen wachen Blick aufgesetzt. Auch ihre Gesichtsfarbe wirkte nun normal und gesund.

„Schade", sagte sie. „du hättest dich ganz gut machen können an der Wand." Sie deutete mit einem Revolver auf die Bilder von sich und ihrem Verflossenen. „Jetzt wirst du leider nur davor liegen."

Sie richtete die Waffe auf mich.

Ich kann mich nicht erinnern, wann ich zuletzt so oft Herzklopfen hatte wie bei dieser Geschichte. Normalerweise geht es mir wie einem gedopten Langläufer. Mein Herz kommt selten auf Touren, was manche als mangelnde Empathie interpretieren. Doch schon am Nachmittag hatte mich Parth gehörig erschreckt, als er mir in der Garage aufgelauert und mir alles erzählt hatte. Über den zugekoksten Kärntner Millionär und was der mit den Frauen der Agentur zu tun hatte. Auch, dass er mir schon die ganze Zeit auf den Fersen war. Doch jetzt hätte ich ihn gern wieder bei mir gehabt, bevor die Verrückte mich umnietete.

„Komm, steh auf!" Gabi deutete mit dem Lauf der Waffe, dass ich mich von meinem Platz erheben sollte. „Ich hab keine Lust, mein Wohnzimmer zu putzen, wir gehen ins Bad."

Ich schnellte in die Höhe und begann zu taumeln. Ich versuchte mich am Tisch festzuhalten, doch alles, was mir gelang, war, das Tischtuch mit dem Rest des Gedecks zu Boden zu reißen. Ich schlug hart auf dem Boden auf.

Gabi kniete sich neben mich und stupste mich mit der Waffe in die Rippen. „Jetzt ist das kleine Dummerchen wieder weggetreten. So macht das keinen Spaß. Dann warten wir bis mein Schneckibärchen wieder wach ist." Sie leckte mit ihrer Zunge über meine Wange.

Ich bewegte mich nicht und war heilfroh, dass sie auf meinen Trick hereinfiel. Sie entfernte sich aus dem Zimmer und öffnete im Nebenraum eine Kastentür. Die Geräusche, die dann an mein Ohr drangen, konnte ich mir damit erklären, dass sie einen Koffer am Bett aufgeklappt hatte und ihre Sachen hineinpackte. Leise rappelte ich mich auf und schlich mit angehaltenem Atem aus dem Wohnzimmer.

Sie hatte die Tür zu ihrem Schlafzimmer angelehnt. Man konnte durch den Spalt den Bettrahmen zum Teil erkennen. Ich suchte ihre Tasche und fand darin die Handschellen, die sie mir unlängst angelegt hatte. Daneben auch eine Flasche mit KO-Tropfen. Ich fragte mich, ob meine Ohnmacht in der Nacht mit Maria nicht einer solchen Substanz geschuldet war. Wahrscheinlich hatte Gabi mich schon in der Kanzlei töten wollen. Diese Vermutung hatte zumindest Parth geäußert. Ich musste jetzt aufs Ganze gehen. Mich weiterhin bewusstlos zu stellen, würde mich nicht retten. Ich schnappte mir Handschellen und Tropfen, dann wuchtete ich mich gegen die Schlafzimmertür. Diese blockierte kurz, dann gab sie nach und ich stolperte in den Raum.

Ich dachte, ich hätte Gabi mit der Tür umgeworfen, doch leider hatte ich nur den Koffer erwischt, der nun auf dem Boden lag, das Gewand um das Bett verstreut. Dennoch hatte ich Gabi überrascht, die mich mit aufgerissenen Augen und offenem Mund anstarrte. Die Waffe lag hinten am Nachtkästchen, gut zwei Meter von uns beiden entfernt, und wir beide starrten in ihre Richtung. Ich war näher, denn Gabi hatte noch das Bett dazwischen. Sie warf sich darauf, die Hand nach der Waffe ausgestreckt, ich warf mich auf sie, die Handschellen geöffnet. Ich schaffte er sogar, ein Handgelenk zu fassen und in das Eisen zu sperren, doch Gabi hatte immer noch die andere Hand frei, mit der sie nach dem Revolver griff. Ich bog den einen Arm nach hinten und sie schrie auf. Ich versuchte den anderen Arm zu fassen zu kriegen. Doch sie bog ihren Körper durch wie ein wirbelloses Reptil und sträubte sich mit der Kraft einer Verrückten, die sich nicht bändigen ließ. Mir ging es wie einem Cowboy beim Rodeo. Wir atmeten schwer wie ein Paar, das sich beim Sex verausgabte. Doch bei uns ging es nicht um den kleinen Tod, bei uns war es ein Kampf auf Leben und Tod.

Sie trug immer noch ihre Reizwäsche und ihr linker Busen war aus dem Körbchen gerutscht. Mein Hemd war zerrissen und hing mir aus der Hose. Unsere erhitzte Haut brannte am Körper des anderen. Gabi robbte unter meinem Körper vor und schaffte es, an die Waffe zu kommen. Ich mobilisierte meine letzten Kräfte, doch das Einzige, was ich in meinem Leben trainiert hatte, war leider mein loses Mundwerk gewesen. Ich legte mich mit meinem vollen Gewicht auf sie, doch sie wuchtete mich mit einer Judorolle herum, kletterte auf mich und plötzlich hatte ich den kalten Lauf der Waffe an meiner Stirn. Ich lag starr auf dem Bett, jeder Muskel im Körper erschlafft.

„Und jetzt sag für immer Gute Nacht“, hörte ich Gabi sagen, wobei die Worte gedämpft wie durch Watte kamen und das Schwarz vor meinem Auge den Raum auffraß. Das Letzte, was ich vor der echten Ohnmacht sah, war ein Blitz und ich hörte einen entfernten Knall wie aus einer anderen Welt.

22.

„Warum hat das so lang gedauert?", fuhr ich Parth an.

Der Raum war voll von Sanitätern. Zwei versorgten mich und zwei andere trugen Gabi auf einer Bahre heraus.

Parth hatte sein schmieriges Grinsen aufgesetzt. „Ich wollte Sie nicht wieder bei ihren Fesselspielen stören", sagte er.

Ich richtete mich auf und verscheuchte den Sanitäter, der meinen Blutdruck gemessen hatte. Mit dem Blick folgte ich der Bahre und deutete mit dem Kopf nach.

„Ist sie …?", fragte ich Parth.

„Nein, es war ein glatter Durchschuss, offenbar kein Gefäß verletzt. Die wird wieder."

Ich wusste nicht, ob ich mich darüber freuen sollte.

„Wenn Sie wieder fit sind, kommen Sie morgen vorbei. Ich brauche noch ihre Aussage." Parth hielt mir eine Polizeiweste hin, die ich über meinem kaputten Hemd anziehen konnte.

Er wandte sich ab, doch ich hielt ihn zurück und fragte: „Wie sind Sie auf meine Spur gekommen?"

Parth lachte: „Können Sie sich das nicht vorstellen?"

Ich schüttelte den Kopf.

„Da Sie als Verdächtiger ja beinahe aufgezeigt haben, habe ich ihre Spur anhand der Daten ihres Mobiltelefons nachgeprüft. Sie waren in der fraglichen Nacht im Hotel. Das wusste ich relativ bald."

„Und warum haben Sie mich nicht verhaftet?"

Es schien, als müsse Parth tatsächlich nachdenken, doch dann lachte er neuerlich: „Nennen wir es Gespür."

Ich lehnte mich zurück und atmete tief durch. Der Bulle war von Anfang an über alles im Bild gewesen. Und dann hatte er mir freie Hand gelassen und war sogar als mein Schutzengel eingesprungen. Wie blöd ich doch war! Er hatte mit mir gespielt und nicht umgekehrt.

Er sagte: „Da ist übrigens noch das verwüstete Hotelzimmer. Die Mühe hätten Sie sich sparen können. Und auch die Kosten für die Sanierung."

„Wir haben einen Deal, immerhin war ich Ihr Lockvogel", protestierte ich. „Ich denke, das kompensiert die strafrechtlichen Themen, zivilrechtlich sind Sie aber auf sich gestellt. Aber das ist doch Ihr Metier", setzte er zynisch nach. „Außerdem kann es sein, dass ein bestimmter Stadtrat bald juristischen Beistand benötigt. Da ist sicher was zu verdienen und ich habe gehört, Sie sind nicht so wählerisch, was ihre Klientel betrifft."

„Man muss nehmen, was man bekommt."

Parth sagte: „Das nächste Stichwort. Einige werden zum Beispiel viele Strafzettel bekommen. Die Parkkleber werden bereits umgestellt." Er fuhr sich durch das Haar, bevor er fortfuhr: „Ich erwarte Sie morgen."

Der Abteilungsinspektor stapfte los und ich hatte im Moment andere Sorgen. Das klang zwar nach den gerade überstandenen Turbulenzen sonderbar, war aber so. Ratko war die Laus auf meiner Leber. Ich brauchte Geld und meine letzte Hoffnung war meine Mutter. Nicht um sie anzupumpen, ich musste sie dringend etwas fragen. Ich musste nach Hause. Schnell.

„Ist dir auch wieder einmal in den Sinn gekommen, dich bei deiner alten Mutter zu melden?"

„Mutter, du warst weg. Du warst nicht erreichbar."

„Du hast noch nicht einmal gefragt, wie es mir gefallen hat."

„Sicher gut, und jetzt was anderes. Sag, hast du die Bilder von meiner Wand weggeworfen?"

„Nicht gut, es war schrecklich. Diese Schweizer sind ein pingeliges, unfreundliches Volk. Und alles so teuer dort."

„Mutter, was ist mit den Bildern? Hast du sie weggeworfen?"

„Aber Bub, ich schmeiß doch nichts weg."

Mir fiel ein Stein vom Herzen, der sich allerdings zu einem Bumerang entwickelte. Größer und schwerer.

Meine Mutter sagte: „Normalerweise bring ich die alten Sachen zum 48er Tandler, doch diese Schweinigeleien kann man ja niemandem zumuten."

„Was ist jetzt? Sind sie weg oder noch da?"

„Na, na, na. So schreien musst auch nicht mit mir. Sonst leg ich gleich auf."

„Entschuldigung", presste ich genervt hervor, „kannst du mir bitte sagen, was du damit gemacht hast?"

„Hast sie nicht gefunden?"

„Nein, sonst müsste ich dich nicht anrufen."

„Hast du überhaupt danach gesucht?"

Es war fast unmöglich, die Ruhe zu bewahren. Am liebsten wäre ich schreiend durchs Haus gelaufen und hätte meinen Kopf gegen jeden Türstock geknallt. Ich seufzte und sagte betont ruhig: „Nein, sonst müsste ich dich nicht fragen."

„Na unter dem Bett sind sie. Unter der Matratze. Da, wo du früher deine Pornohefte hattest. Ich hielt das für den passenden Ort."

Ratko gewährte mir auf mein Versprechen, ihm das Doppelte zu zahlen, noch eine Woche Aufschub und ich konnte die drei Bilder an die Galerie verkaufen. Katrin Kail war erstaunt und enttäuscht zugleich. Die Bilder waren echt. Eindeutig. Aber sie waren von geringerer Qualität und Aussagekraft, und das war wohl der Grund gewesen, warum Kitsch sie nie in sein offizielles Werkverzeichnis aufgenommen und in der Wohnung zurückgelassen hatte. Für alle drei erhielt ich zusammen nur zwanzigtausend Euro, aber es sollte reichen, um meine Schulden zu bezahlen. Niemand würde mir meinen Pimmel abschneiden.

Zur Erholung wollte ich mir ein Krügel Bier und ein Schnitzel gönnen. Deswegen ging ich zu Severin in mein Stammbeisl. Leider trank ich dann ein zweites Bier. Ich war so happy, dass ich alles gut überstanden hatte. In meiner Euphorie folgte ich dann seiner Einladung, mich zu der Pokerrunde im Hinterzimmer zu gesellen. Ich dachte mir, warum nur zwanzigtausend, wenn ich daraus leicht vierzigtausend machen kann. Der Euphorie folgte die Depression. Ich hatte sogar noch meine Uhr einsetzen müssen und kam wieder einmal mit leeren Taschen nach Hause. Ich weiß nicht, warum, aber ich hatte noch die KO-Tropfen von Gabi in meiner Hosentasche, die ich jetzt herausholte. Ich betrachtete das Fläschchen und überlegte, ob ich bei entsprechender Dosierung vielleicht für immer schlafen konnte und dann meine Ruhe hätte. Vor Ratko, vor meinen Klienten, vor Parth, vor allem aber vor mir selbst. Ich war es, der mir selbst im Weg stand. Schon immer.

Ich schraubte den Verschluss auf und wollte daran riechen, als mein Telefon läutete. Ich überlegte, den Anrufer wegzudrücken, doch es war eine mir unbekannte Nummer und meine Neugier siegte. Es war Renko, der mich fragte, wohin er den Scheck schicken sollte. Er war mir tatsächlich dankbar, dass ich ihm einen Zeitpolster verschafft hatte, damit er die Geschichte mit seinem unehelichen Sohn, mit dem er den Abend des Mordes an Schneewittchen verbracht hatte, mit den Vangurtens ins Reine bringen konnte. Ratko würde sein Geld also doch bekommen. Mit dem Rest wollte ich ein paar Tage Urlaub machen, das hatte ich mir nach den Strapazen verdient. Wohin, war eigentlich egal, Hauptsache weg.

Ich hatte meine Sachen schnell gepackt. Bevor ich zum Bahnhof fuhr, besuchte ich sogar noch meinen alten Herrn. Beim Betreten des Pflegeheims zog es mir wie üblich das Gedärm zusammen, so sehr hasste ich das hier. Zum Glück hatte ich eine Flasche Slibowitz aus Draganas Produktion dabei und nahm daraus einen Schluck. Warum ich sie meinem Vater mitbringen wollte, konnte ich gar nicht sagen. Wahrscheinlich würde sich der Blödian an der Spirituose mit über 60 Prozent Alk ohnehin nur verschlucken. Wahrscheinlich hatte ich ihn eher mit, weil ich seinen Anblick nüchtern immer weniger ertragen konnte.

Als ich in sein Zimmer kam, das nach alter Haut und in der Bettwäsche versickertem Urin stank, merkte ich, dass Vater nicht allein war. Mein Bruder war bei ihm. Offenbar wollte sich der Schleimer die besseren Karten für die künftige Erbschaft sichern. Dabei konnte mein Vater sein Testament in seinem Zustand ändern, wie immer er wollte. Nichts würde Gültigkeit besitzen, dazu war sein Geist viel zu sehr aufgelöst. Ich trat stumm an die beiden heran und beugte mich zu meinem Erzeuger hinab.

Mein Vater lächelte. Er trug den Gesichtsausdruck eines Alten, der sich nach langer Verstopfung endlich erleichtern konnte. Er hatte an diesem Tag ein Beatmungsgerät angeschlossen, doch dem Trottel war entgangen, dass der Schlauch verrutscht war und der Sauerstoff ausströmte. Er legte seine rechte Hand auf die Wange meines Bruders und sagte: „Cosinus! Schön, dass ich dich nach so langer Zeit wieder einmal sehe."

Er hatte uns erneut verwechselt.

Dann sah er mich und sagte: „Du bist ja auch gekommen!"

„Ich hab dir etwas mitgebracht", sagte ich und holte drei Gläser von der Kommode, in die ich den hochprozentigen Schnaps eingoss, ehe ich mit ihnen zu meinem Vater trat, wo ich sie auf dem kleinen Tisch mit dem Desinfektionsmittel abstellte. Mein Vater führte seine andere Hand an meine Wange und drückte mein Gesicht gegen das meines Bruders. Es musste Jahrzehnte her sein, dass wir einander so nahe gekommen waren, und ich kann mich nicht erinnern, wann es das letzte Mal war, dass wir uns auch berührt, dass wir die Haut des anderen gespürt hatten. Der Ekel lief mir über die Haut wie dieser glibberige Schleim, der in unserer Kindheit sehr beliebt war und den wir natürlich vor unserem Vater verstecken mussten.

Plötzlich ging die Tür auf und von hinten hörte ich die Stimme meiner Mutter, die sagte: „Da sind ja meine drei!" Und sie kam zu uns und drückte sich von hinten an. Ich drohte zu ersticken. Ich hasste sie alle, und hätte ich eine Handgranate gehabt, ich hätte sofort den Stift gezogen. Doch dann kam mir eine weit bessere Idee. Ich löste mich aus dieser Umklammerung und holte die Kerze, die ich zuvor auf der Kommode gesehen hatte, und zündete den Docht an, stellte sie vor meinen lästigen Verwandten auf dem Tisch ab und sagte: „Wir sollten anstoßen."

„Worauf willst du anstoßen? Heute ist doch kein Anlass", sagte mein Bruder, dessen Wangen von dem vielen Sauerstoff im Zimmer ganz rosig geworden waren."

„Vater hat Namenstag", sagte ich und stellte mich mit einigem Abstand vor die drei und nahm mein Handy in die Hand und öffnete die Kamera-App.

„Ja, Sinus hat recht", mischte sich der Alte ein, der immer noch die Namen nicht geordnet hatte. Das war mir nur recht. Sollte er je jemandem etwas von dem, das gleich passieren würde, erzählen können, er würde meinen Bruder bezichtigen. Und ehe der echte Sinus etwas sagen konnte, hatte ihm meine Mutter bedeutet zu schweigen, und ein Glas genommen. Das andere reichte sie dem alten Bock und auch mein missratener Bruder setzte das seine an.

Ich trat noch einen Schritt zurück und sagte „Cheeeeese", doch der Blitz war ausgeschaltet und das Handy löste in dem schummrigen Raum nicht aus. Ich müsse das Foto wiederholen, sagte ich, änderte die Einstellungen der Foto-App und die drei tranken nochmals. Es dauerte keine Sekunde und ich sah, wie mein Vater rot im Gesicht anlief. Er prustete los und hustete wie ein bellender Hund. Dabei versprühte er den Alkohol aus seinem Mund wie ein Rasensprenkler. Dazu der Sauerstoff, der Vermählung mit dem Alkoholdunst im Raum feierte. Es war Manna vom Himmel für die bislang schwach flackernde Flamme, die sich satt fressen konnte. Ich drückte den Auslöser. Diesmal blitzte es. Doch das erinnerte mehr an die Startdüsen eines Space Shuttles auf seinem Weg in den Äther. Den Knall würde man sicher bis ins Rathaus hören.

*Danke an meine Testleser*innen: Julia Helmke, Isabella Kehrer, Agnes Parfy, Andreas Hartl, Andreas Pittler.*

Dank auch an Gerhard Loibelsberger für Tipps und Lektorat. Ein großes Dankeschön auch an Verlagsleiterin Birgit Francan, die ich sofort auf meiner Seite für dieses Buch hatte.

Drei Fragen an Autor Christian Klinger

Was inspirierte Sie zu diesem Krimi?
Ehrlich gesagt, hatte ich da plötzlich diese Eingangsszene vor Augen und die beiden Hauptfiguren schienen mir, kaum dass ich zu schreiben begonnen hatte, vertraut wie alte Bekannte.

Die Hauptfigur ist ein etwas zweifelhafter Anwalt, gibt es Vorbilder für diese Figur?
Ich glaube, ein wenig Cosinus Gauß steckt in jedem von uns. Umso mehr wohl auch in manchen Anwälten. Nicht ohne Grund nennt sie der Volksmund auch „Rechtsverdreher". Aber bei manchen Vertretern des Anwaltsstands hat man das Gefühl, dass die eigene Klientel durchaus auch abfärbt. Namen werde ich hier bewusst keine nennen. Ich möchte mir unliebsamen Besuch ersparen.

Warum schreiben Sie Krimis?
Meine Lieblingsantwort darauf: Gib dem Sterben einen Sinn! Die für die meisten Menschen schwer greifbare Endlichkeit der eigenen Existenz wird hier etwas erklärlicher. Es gibt einen Verantwortlichen für den Tod, der noch dazu überführt wird. Das befriedigt und lenkt vom eigenen Schicksal ab.